FSC
www.fsc.org
MIX
Papier aus ver-
antwortungsvollen
Quellen
Paper from
responsible sources
FSC® C105338

Gerhard Vohs

Kater Tommy

Meine sturmreife Zeit
als frei lebende Katze

**Ein Leben fernab jeglicher
romantische Vorstellung von Wildnis
und Freiheit**

Foto Umschlagseite: Gerhard Vohs

Bibliografische Information der Deutschen Nationalbibliothek:

Die Deutsche Nationalbibliothek verzeichnet diese Publikation in der Deutschen Nationalbibliografie; detaillierte bibliografische Daten sind im Internet über http://dnb.dnb.de abrufbar.

Illustration: Gerhard Vohs

Herstellung und Verlag: BoD – Books on Demand, Norderstedt

ISBN: 978-3-7357-2200-3

Inhaltsverzeichnis:

KATER TOMMY
Meine sturmreife Zeit als frei lebende Katze

1. Mein Zuhause

Seit einigen Jahren lebe ich schon in einer absolut harmonischen Beziehung mit meinem Herrchen. Es geht mir gut, ich habe ein warmes Zuhause, kriege anständiges zu Fressen und kann den ganzen Tag tun und lassen, was ich will. Naja, nicht alles was ich will. Herrchen mag es zum Beispiel nicht, wenn ich Fliegen hinterher jage und dabei die Raufasertapeten als Kletterhilfe benutze oder wenn ich mich aufs Buch lege, wenn er gerade darin liest.

Auch hat er es nicht so gerne, wenn ich meine Krallen in ein gerade vom Drucker eingezogenes Papier verewige oder wenn ich mit den Tasten des Computers spiele, während Herrchen versucht das gestaute Papier aus dem Drucker zu entfernen. Seine anschließende Verwunderung über die Farce, warum ausgerechnet jetzt der Bildschirm weiße Hexadezimalzahlen und Fehlercodes auf blauen Hintergrund präsentierte, überwindet er meist mit einem Lächeln und einer Träne im Auge.

Berauschend findet er es auch nicht, wenn ich während seiner Tiefschlafphase, sein Gesicht abschlecke. Dabei ist es der einzige Augenblick, wo er mal stillhält; oder wenn ich nachts im Bett bergsteigen spiele und versuche seinen Zeh zu fangen.

Frühzeitig wurde mir auch beigebracht, mich niemals in einen Korb mit dreckiger Wäsche zu legen. Seit dem bevorzuge ich saubere Wäsche, am besten wenn sie noch vom Trockner ganz warm ist. Allerdings verfangen sich meine Krallen beim Treteln immer in den dichten Schlingen der Frottierhandtücher und verursachen Ziehfäden.

Am liebsten mag ich es, wenn Herrchen Wäsche gewaschen hat und sie auf einen Trockenständer zum Trocknen auf den Balkon stellt, dann schnapp ich mir ein, zwei, drei, vier Teile, zieh sie über den witterungsbedingten staubigen Balkonboden und verteile sie in Wohnzimmer, Flur und Küche. Herrchen freut sich über solche Aktionen, weil er weiß, dass er dadurch niemals Langeweile bekommt.

Ab und zu kann es auch passieren, dass ich mich übergeben muss. Das ist nicht so schlimm, dass macht jede Katze mal, die eine mehr, die andere weniger. Allerdings ist es ärgerlich, wenn ich dann gerade in seinem Bett liege. Herrchen findet es nicht besonders angenehm, wenn er abends schlafen geht und in eine breiige, unverdaute Katzenmahlzeit greifen muss.

Ist mir auch schon Mal passiert, dass ich mich auf einen seiner teuren Teppichbrücken spucken musste. Zuerst hatte er es gar nicht bemerkt, doch als er dann ausgerechnet Barfuß da hinein trampeln musste, da hatte ich mich doch lieber unters Bett verkrochen, bis er mit der Reinigung fertig war.

Zu gern beobachte ich ihn bei der Badezimmerreinigung, wenn er saugt, wischt und das Katzenklo neu mit den weißen saugfähigen Qualitätskörnchen füllt.

Folglich stürze ich mich sofort auf das für unsere Bedürfnisse speziell entwickelte Substrat und erlöse mich erstmal von meinen solange zurückgehaltenen Viertelpfündern.

So was war sehr Befreiend und da ich ein guter Gräber bin, fang ich an sie in den Substrat zu verstecken. Dabei wirbele ich nicht nur einen heftigen Sandsturm auf, sondern katapultiere einiges an Katzenstreu wieder aus meinem Klo heraus, sodass Herrchen nur noch Kopfschütteln daneben steht und sich fragte:

»Warum gehören selbstreinigende Katzenklos nicht zum Standardprogramm einer jeden Zoohandlung. Selbstreinigende

Backöfen, Scheiben und Filter gibt es doch schon überall.«

Ansonsten ist er ein friedlicher Mensch. Es macht ihn wenig aus, wenn er vollbepackt vom Einkaufen nach Hause kommt, ich vor Freude im Slalom um seine Füße laufe und ihn dabei zu Fall bringe. Oder wenn ich ihm jeden Morgen den Weg zum meinen Fressnäpfen zeige, die über Nacht von Geisterhand geleert wurden und ich seine Füße als Pylonengasse mit Geraden, engen Kurven und Spitzkehren verwechsele, er jedes Mal ausweichen muss und dabei ständig mit dem Zeh gegen den Schuhschrank stößt. Es gibt Schlimmeres.

Da ich ja weiß, dass jeder Gang in die Kühe mit dem Ritual der unbezwungenen Nahrungsaufnahme verbunden ist, kommt es auch immer wieder vor, dass ich vor lauter Übereifer in seine Beine hinein bremsen muss. Aber auch das nimmt er mit einem Lächeln entgegen.

Uaaah-gähn, eigentlich bin ich ja noch müde, aber ich glaub es wird Zeit mal wieder ein Häppchen zu essen, bevor ich ganz und gar vom Fleisch falle. Herrchen meint zwar, dass ich Übergewicht hätte und er das jedes Mal spüren würde, wenn ich auf seinen Bauch liege.

Doch wenn es alles so super gut schmeckt. Mir fehlt halt einfach die Vernunft hinter der Gier. Jetzt hat er angefangen mir nur noch kleinere Mahlzeiten am Tag hinzustellen, weil er Angst hat, ich würde weiter aus dem Ruder laufen. Dafür treibt er fast jeden Tag Sport mit mir, das heißt er sitzt rum, schießt die Brekkies mit Daumen und Zeigefinger durch die Wohnung und ich muss sie jagen.

Heute Morgen hat er das Fressnapf mit Rind in Tomatensoße gefüllt ohne zu wissen, dass heute Freitag ist. Freitags ist eigentlich ein Fastentag, an dem Fleischspeisen tabu sind. Fisch ist gefragt, eine Kost die schon in der antiken Klassifizierung nicht als Fleisch galt und deshalb habe ich heute mächtigen Appetit auf Fisch.

Herrchen wird gleich nach Hause kommen, dann wird er die Fressnäpfe neu befüllen, das alte, angetrocknete in die Mülltonne werfen und wenn das Glück auf meiner Seite ist, bekomme ich vielleicht Fisch. Eigentlich ist es egal, was ich zu futtern kriege, Fisch, Huhn, Rind, Lamm, Kaninchen oder sonst was. Mein Herrchen achtet schon darauf, dass es abwechslungsreich und lecker ist, legt Wert auf eine gute Kombination von hochwertigen tierischen Proteinquellen und ausgewählten pflanzlichen Aktivstoffen.

Doch wenn ich so an einen Thunfisch denke, mit sichelförmiger Schwanzflosse oder an einen Lachs, mit seiner typischen orangen Farbe; an einer Regenbogenforelle, mit ihren blassroten Streifen; an der äußerst wendigen Makrele und an dem gelbgrün über blaugrün bis blauschwarz leuchtenden Hering, dann läuft mir schon das Wasser im Munde zusammen.

Ach ja, Fisch.

Neuerdings wird auch Gemüse mitverarbeitet. Die Menschen denken doch tatsächlich, dass wir uns was aus biologischen Pflanzen machen, dabei ist doch Fleisch unser Gemüse.

Letzten hatte Herrchen Kalb und Truthahn in Grauburgunder mit Reis aufgefahren. Wow, war nicht schlecht, aber mit Reis? Früher war es Brauch bei Hochzeiten das Brautpaar damit zu bewerfen, damit sie ordentlich viele Kinder kriegen.

Doch dann hatte man festgestellt, dass man mit dem bombardieren von Reis gar nicht schwanger werden konnte und verbot damit diesen Brauch. Jetzt versucht man es über Umwege zu erreichen und als ich das erste Mal ein Reiskorn in meinem Fressen vorfand, da dachte ich, der Herr der Fellkugel hätte mich verlassen. Ich bin doch ein Kater, ein kastrierter Kater, ein Wallach unter den Katzen. Ich kann nicht schwanger werden. Bei mir kann höchstens der Bauch nur durch übermäßiges Fressen unerwartet anschwellen.

Am liebsten mag ich Soße, alles in Soße, ganz viel Soße. Da leck ich jeden einzelnen Brocken von allen Seiten ab und lass den Rest liegen, in der Hoffnung, ich kriege noch eine Schlag Soße hinterher.

Herrchen meckert dann zwar, weil wieder achtzig Prozent meines Fressens in der Mülltonne landet, doch dann schaue ich ihn mit meinen herzzerreißenden traurigen Blick an und alles ist wieder Okay. Ich weiß schon, wie ich meinen Vorteil bei ihm einsetzten kann, habe ihn ja lange genug studiert. Wer das Erlernte zu seinem Eigennutzen einsetzten kann ist klar im Vorteil.

Aaah-gähn, ich glaube ich muss mich erst mal wieder hinlegen, ein Nickerchen machen. Schlafplätze habe ich ja genug. Da steht im Wohnzimmer zum Beispiel ein nettes kuscheliges Bettchen mit hochgezogenen gepolsterten Rand, weichem Kissen und einem abgesenkten Einstieg. Den hat Herrchen mir gekauft, als ich bei ihm eingezogen bin. Schlafen tue ich darin, wenn Herrchen auf dem Sofa sitzt und ich ihn nicht stören darf, weil er am Computer arbeitet. Er hat Angst, dass der Bildschirm wieder blau wird, wenn ich ihm dabei behilflich bin, seine eBay Auktionen zu überwachen.

Von meinem Bettchen aus kann ich jeden Winkel des Wohnzimmers und des Flures genauestens beobachten und wenn er mal aufsteht und in die Küche geht, dann weiß ich, ich muss hinterher, denn eine Küche dient immer der Herstellung von Nahrung. Doch meistens holt er sich nur einen Kaffee.

Für den Sessel hat er ein extra dickes mit Schaumstoff gefülltes Schlafkissen gekauft, was ich am Vormittag benutze. Herrchen meinte es hätte unter anderem den Vorteil, wenn Besuch kommt, er das Kissen nur wegnehmen bräuchte, um Sitzgelegenheiten für den Besuch freizustellen, die von keinerlei Fell-Haar verunglimpft sind.

Doch das hatte er sich auch nur gedacht. Wie oft hatte ich schon diesen Platz mit meinen äußerst angsteinflößenden Killerblick und einem bösartigen Knurren verteidigt. Sollte es doch jemand geschafft haben meinen Sessel zu belagern, so setzte ich mich auf deren Schoss und kratze mich ordentlich, dass meine Haare nur so fliegen. Hilft das nicht, so verhänge ich meine Kralle mal eben kurz in dessen Strümpfe, wobei mir Nylonstrümpfe am liebsten sind oder ich beiße in die Fußknöchel.

Nachts schlafe ich auch gern mal im Bad auf der Badezimmermatte. Sie ist schön groß und wenn ich mich damit zudecke, dann ist es wie eine Höhle. Allerdings zum leid von Herrchen, wenn er morgens schlaftrunken ins Bad geht und über die zusammen geknautschte Matte stolpert.

Im Schlafzimmer hat er am Sideboard die unterste Schublade herausgenommen und zwei Wolldecken hineingelegt.

Eine kleiner schummriger Zufluchtsort, der als Symbol der Geborgenheit dienen soll, eine Höhle für mich ganz alleine. Ein Sinnbild, der schon für die Ureinwohner als Zufluchtsort galt und das eng mit den Grundbedeutungen eines Hauses verwandt waren. Naja, ihm zur Freude habe ich mich auch schon mal reingelegt.

Am liebsten aber liege ich auf dem Bett, auf der aufgeschüttelten, zusammengelegten Bettdecke, auf das dicke füllige aufgeplusterte Federbett. Tief sinke ich ein in die flauschige Beschaffenheit der Daunen, rolle mich auf dem Rücken, stecke meine Pfoten weit von mir und sehe ringsherum die Bettdecke, wie beklemmende Steilwände aufsteigen. Hier liege ich wie in einer schachtartigen Vertiefung, wie in einem Krater.

Geräusche wurden gedämpft und eine angenehme wohltuende Ruhe entstand. Ein Moment um den Geist zu reinigen und Sorgen und Ängste loszuwerden, damit ich mich auf das pure Sein konzentrieren kann, mich mit ruhiger Bewusstheit zu öffnen, innerlich mich von meinen um mich kreisenden Gedanken zu entspannen. Ich lausche meinen Atem, wie ich die Luft aus den Lungen stieß und nach dem Motto: ich hab noch was vergessen, sie wieder zurückholte. Ich dachte an meine Katzenbabyzeit…,

2. Erinnerungen wurden wach

… an meine Niederkunft und an die Worte meiner Mama. Auf der Akropolis wurde ich gezeugt, in einer Vollmondnacht mit einem Kreta-Kater, behauptete sie. Aber sie hat immer zu Übertreibungen geneigt. Hätte nicht viel gefehlt und sie hätte mich Platon genannt, nach dem griechischen Philosophen, als Erinnerung gewissermaßen.

Es war nachts, nicht auf der Akropolis sondern in einer Scheune zwischen Milchkühen, Ziegen und Schafen, als ein kleiner Wurm mit achtundneunzig Gramm Gewicht und einer stolzen Länge von fünfzehn Zentimeter als letzter von drei Katzenbabys das Licht der Welt erblickte. Eigentlich hatte ich da noch gar nicht das Licht der Welt erblickt, denn wir Katzenbabys kommen nicht nur taub sondern auch blind zu Welt. Aber das ändert sich so nach zehn Tagen.

Instinktiv kroch ich in Richtung Mamas Brust, da mich der Hunger plagte, doch meine Geschwister drängten mich immer weg. Sie machten sich extra breit, dass ich nicht dazwischen konnte, doch Mama hat mich dann mit ihrer Pfote herangezogen, dazwischen gedrückt und so konnte auch ich an den Zitzen saugen. Eng kuschelte mich an sie heran und fühlte mich wohl an ihrer

Brust. Sie war so warm und ihr Fell war weich und geschmeidig.

Eine Geborgenheit baute sich auf, eine enge Verbindung zur Mama, ein einzigartiges Gefühl. Eigentlich ist es eine praktische Einrichtung, denn man braucht nicht auf die Jagd zu gehen um sich zu ernähren, Mamas Brust ist immer "zur Hand". Doch irgendwann wird Mama aufhören mich zu stillen und mich in die Jagd der Nahrungsversorgung einweisen, doch das dauert noch ein bisschen.

Nach zehn Tagen konnte ich meine Augen aufmachen und so sah ich zum ersten Mal meine Geschwister und Mama. Sie war eine hübsche Katze, schwarz/weiß gestromt, hatte weiße Füße und kleine Ohrpinsel. Meine Geschwister möchte ich nicht. Sie hatten mich immer beim saugen weggestrampelt und hatten mich immer gehänselt, weil ich kleiner war als sie. Es war so gut wie unmöglich, sich als kleiner Kater zwischen zwei großen Katzenmädchen durchzusetzen. Wenn ich mal groß bin, dann werde ich mein eigenes Leben führen und dann können meine Geschwister mich mal. Nur für Mama, da werde ich immer da sein.

Ich war nun schon sieben Wochen alt, wurde immer größer und stärker. Am Tage verließ ich mein Zuhause um das Jagen zu üben, mich an einer Beute lautlos heranzupirschen, es zu packen und …. Manchmal spielte ich auch noch eine Weile mit meiner Beute.

Doch das ist gar nicht so einfach. Es gibt verschiedene Arten wie man Jagd. Zum einen die Ansitzjagd, das heißt man sitzt stundenlang vor einem Loch und wartet, bis sich die Maus heraus traut. Oder man verfolgt eine Spur, eine Fährte, an die man sich ganz langsam und leise heranpirscht. Dritte Möglichkeit wäre, die weniger schmackhaften Reste aus den Mülleimern der Anwohner zu fischen.

Nicht jeden Tag findet man was nährstoffreiches, manchmal fand ich auch nur eine aufgerissene Corn Flakes Tüte, in einer rötlichbraungrünen Schlammpfütze. Jagen ist auch nicht ungefährlich. Es werden jedes Jahr viele Katzen unter dem Vorwand abgeschossen, dass sie wildern würden. Um den nach zu helfen, werden sogar Geruchsköder ausgelegt, womit man uns anlockt.

Heute war wieder mal ein schlechter Tag zum Jagen, keine Ratte die mir über den Weg lief, keine Maus und auch kein Wühler. Nur ein paar Grashalme, die zum Satt werden dienten, aber den Hunger nicht wirklich stillten.

Ich machte mich wieder auf den Heimweg, schleiche durch das hohe Gras an den Milchkühen vorbei, die seit dem Frühjahr auf der Weide grasen. Man muss aufpassen, wo man hintritt, denn überall liegen hier die grünbraunen Tretminen herum, die so groß sind, dass ich mich darin verstecken könnte.

Einige von den Viechern lagen faul herum und waren damit beschäftigt, ihr zerkautes nochmal zu zerkauen. Andere standen da, mit leicht gesenktem Kopf und schauen mir hinterher. Dabei peitschen sie mit ihren Schwanz aufgeregt hin und her.

Es ist schon eigenartig, dass wir Tiere über derartige Anhängsel verfügen und zu was sie von Nutzen sind. Kühe vertreiben zum Beispiel damit die Fliegen, die immer wieder versuchen ihr Hinterteil zu belagern; der Fuchs benutzt ihn als Warnsignal und bei Kälte als kuschelige Decke. Das Elefantenbaby greift nach dem Schwanz, um den Kontakt zur Mutter nicht zu verlieren und das Flusspferd verschleudert damit seinen Kot. Der Hund wedelt mit dem Schwanz, wenn er sich freut und klemmt ihn zwischen seinen Hinterbeinen ein, wenn er Angst hat.

Wir Katzen hingegen benötigen ihn zur Stabilisierung, wenn wir über schmale Gegenstände uns im Gleichgewicht halten müssen, so als wenn wir uns waghalsig mit einer Balancierstange auf dem Hochseil bewegen würden.

Plötzlich höre ich das überaus lautstarke Rülpsen einer neben mir stehenden Kuh und mit hohem Druck verlies ein Gasgebilde das Maul des Tieres, als wenn sie gerade eine Biotonne ausgeleckt hätte. Ein Schwall von unverdauten Fressen schoss auf mich zu, blieb wie ein Nebelschleier in der Luft hängen und verätzte mir fast die Schleimhaut.

Ich schritt schneller voran, um aus diesem Gestank rauszukommen, bevor mein Fell den Geruch annimmt und Mama denkt, ich hätte in einem Kuhfladen gesuhlt.

Manche Hunde wälzen sich in so was, dass hatte ich schon mal beobachtet. Da waren zwei Mädchen mit so einem Energiebündel unterwegs und als sie an der Weide vorbei kamen, lief der Hund los, stürzte sich auf die Darmausscheidung einer Kuh und schob seinen Hals quer durch diese grünlich braune, infame, weiche Masse. Danach legte er sich mit dem Rücken darauf und rollte, drehte, kugelte und wälzte sich hin und her.

Einen anderen Hund hatte ich mal gesehen, der lief einem Traktor mit Güllefass hinterher, der gerade dabei war, die Jauche auf dem Feld zu verteilen. Mit hohem Druck wurde sie aus dem Behälter gepresst und durch einen Breitverteiler zu einer bogenförmigen Sprengbreite geformt, die eine optimale Flächendüngung bewirkte. Mittendrin in dem Strahl ein Hund, der sich beim Laufen vom dem Odeur dieser Jauche berieseln ließ.

Man sagt, dass Hunde damit ihren Eigengeruch übertönen wollen, um für potenzielle Beutefänger schwerer zu orten sind. Hm, wer weiß, ob das stimmt.

Ich ging weiter und als ich die Weide verließ, sah ich in Richtung meines Zuhauses Rauch aufsteigen. Zuerst dachte ich mir nichts dabei, doch als ich näher kam, bemerkte ich, wie das Feuer an Größe zunahm und Gegenstände in der näheren Umgebung entflammen ließ. Das Dach fing Feuer, entwickelte eine enorme Hitze und Rauch bildete sich unter dem Dachstuhl. Dann brach es in sich zusammen, begrub alles was auf dem Boden lag, Heu, Stroh, Arbeitsgeräte und mein Zuhause. Ich dachte an Mama, hoffte, dass sie dem Inferno entfliehen konnte. Zugleich dachte ich auch an meine Geschwister und obwohl ich sie nicht mag, hoffte ich auch für sie, dass sie schadlos entkommen sind.

Ich legte mich abseits ins Gras und beobachtete die Feuerwehrleute mit ihrer orangenfarbigen Bekleidung und den silbernen Reflexstreifen an den Blousons und an den Hosen. Hyperaktiv und hektisch liefen sie durcheinander, versuchten von allen Seiten das Feuer mit ihren Wasserschläuchen zu bekämpfen. Doch das gestaltete sich immer schwieriger, denn das Löschwasser weichte den unbefestigten Untergrund immer weiter auf, sodass die Feuerwehrleute zum Teil knöcheltief im Schlamm stecken blieben.

Der Brand wurde schnell unter Kontrolle gebracht und der dichte Qualm zog ebenso schnell ab. Hastig wurden die Schläuche wieder eingerollt und in den Fahrzeugen verstaut.

Lange lag ich noch da, schaute hinüber zu den schwarz verkohlten Haufen, der einst mal mein Zuhause war, wo Mama mich geboren hatte und mich mit meinen zwei Geschwistern aufzog. Ich hatte plötzlich kein Zuhause mehr, keine Familie, kein warmes Strohbettchen, keine mütterliche Zuneigung.

Ich fühlte mich hilflos, gelähmt wie ein Opfer, verstoßen und vertrieben. Brandgeruch stieg mir in die Nase und so machte ich mich auf, ging in ausreichender Entfernung um die Brandstelle herum. An einigen Stellen stieg immer wieder weißer Qualm auf, kondensierter Wasserdampf, der durch das Löschwasser entstand. Überall bildeten sich Pfützen, die sich in einen rötlichbraungrünen Schlamm verwandelten. Ich miaute immer wieder:

»Mama, Mama,« doch ich bekam keine Antwort. Ich war plötzlich Allein, ganz allein. Ich ging weiter, in der Hoffnung sie doch noch zu finden, zu wissen, dass sie alles gut überstanden hatte.

Langsam wurde es dunkel, die mir mehr und mehr Unsicherheit, Unentschlossenheit und Furcht gegenbrachte. Ich wusste nicht wohin, wo sollte ich Unterschlupf finden, um mich vor wilden Tieren zu schützen.

Erschrocken zuckte ich auf einmal zusammen, als ich ein Geräusch hörte. Angst überfiel mich. Es war die Angst der Hilflosigkeit, das Gefühl der Ungerechtigkeit, dem Gegner nicht gewachsen zu sein, der da wohlmöglich auf mich lauert. Leise miaute ich:

»M-a-m-a?«

Das Geräusch verhallte, es wurde Still. Flach legte ich mich auf den Erdboden, als näherte ich mich im hohen Gras einer Maus, peitschte mit meinen Schwanz und wartete mit furchtsamem Blick auf das was da gleich aus dem Gebüsch kommen wird. Ich war bereit, alles zu geben, mich bis auf den letzten Tropfen Blut zu verteidigen, mich nicht der Kategorie Beute zuordnen zu lassen. Regungslos lag ich da und wartete und dann schaute ein Kopf aus dem Gebüsch hervor.

Es war unverkennbar der Kopf eines Fuchses mit hoch aufgerichteten Ohren, einer langen Schnauze, der schwarzen Nase und den Augen mit den elliptischen Pupillen. Ein Wolf- und Schakalartiges Wesen, das kleine Kinder frisst, die ihrer kranken Großmutter Proviantkörbe vorbei bringen; die als lustmordende Hühnerdiebe bezeichnet werden und zum Überfluss auch noch die armen Feldhasen ausrotten.

Sofort nahm ich Reißaus, denn Füchse sind in der Lage ein ausgewachsenes Reh zu töten. Das Vieh raste hinter mir her. Mit der Geschicklichkeit eines Hasen im Zick Zack zu laufen und schnelle unvorhersehbare Haken zu schlagen, lief ich auf den Wald zu. Der Fuchs war erstaunlich schnell, wenn man die kurzen Beine und den langen Köper bedenkt.

Doch ich war schneller, erreichte den Wald und kletterte den ersten Baum hinauf. Hierzu kommen mir meine scharfen Krallen sehr zur Hilfe. Sie sind gefürchtete Waffen, die sich nicht nur leicht in das Fleisch eines Gegners bohren können, sondern auch als Hilfsmittel zum Klettern zu benutzen sind.

Ich kletterte noch einen Ast weiter hinauf, um die Distanz zwischen mir und dem Raubtier zu vergrößern, der immer wieder springend versuchte, den untersten Ast zu erreichen. Doch der war um zwei Körperlängen zu hoch für ihn. Nach geraumer Zeit bemerkte er seine momentane Ausweglosigkeit.

Doch Füchse sind besonders schlau. Deshalb werden sie auch "Reineke" oder "Reinhard" genannt, was so viel wie "Der durch seine Schlauheit Unüberwindliche" heißt. Er legte sich hin, kuschelte sich in seinen buschigen, äußerst langen Schwanz und tat so, als ob er schliefe. Er würde so lange warten, bis ich den Baum verlassen würde.

Ich schaute mich am Baum um, sah keine andere Auswegmöglichkeit, als die Nacht hier zu verbringen. Ängstlich suchte ich den Baum ab, nach irgendwelchen Wesen, die mir gefährlich werden könnten, doch es war nichts zu sehen. So schloss auch ich meine Augen und fing an von Mama zu träumen.

3. Mein neuer Freund

Mitten in der Nacht wurde ich wach, hörte das Rascheln von Gebüschen. Ich schaute zur Baumkrone, sah zwischen den Blättern zum dunklen Himmel, an den tausende Sterne schimmerten. Dann blickte ich nach unten, sah den Fuchs immer noch da liegen. Er war fest eingeschlafen und nahm zuerst die Umwelt gar nicht wahr.

Wieder raschelte es im Gebüsch. Dann trat aus dem Nachtschatten ein Hirsch und zwei Rehe heraus und blieben im lichten Schein des Mondes stehen. Sie waren dabei die jungen frischen Baumtriebe und die saftigen Blätter abzufressen.

Plötzlich wurde der Fuchs wach, vernahm auch das knistern und knacken, das rascheln und wehen des Buschwerks. Dann sah er in nicht allzu weiter Entfernung das Damwild, stellte sich aufrecht und gab ein lautes Kreischen und knurren von sich, helle Klanglaute, gemischt mit einem Winseln.

Der Hirsch trat ihm entgegen, gab selbst bellende, grunzende Geräusche von sich und senkte seinen Kopf um ihn mit seinem mächtigen Schaufelgeweih zu attackieren.

Der Fuchs beobachtete das Geschehen, wie er sich mit seinem mächtigen Geweih auf dem Boden entlang bewegte, als wenn ein Radlader mit abgesenkter Schaufel auf ihn zukam. Doch dann fiel ihm seine körperliche Unterlegenheit auf, sah dass es in jeder Hinsicht besser wäre, die Flucht zu ergreifen und verschwand.

Ich lag hier immer noch auf dem Ast, meine Pfoten an beide Seiten herunterhängend und hatte das Spektakel beobachtet. Der Hirsch mit seinen zwei Rehen zog langsam weiter. Sie hatten das auf mich wartende Raubtier vertrieben und ich könnte jetzt eigentlich den Baum verlassen. Doch wo sollte ich jetzt hin. Ich habe keine Zuhause mehr und meine Familie…? Ich weiß nicht wo sie sind. Ich dachte wieder an Mama, sie war das einzige was ich hatte. Werde ich sie jemals widersehen? Ich entschloss mich, hier zu bleiben, die Nacht hier auf dem Baum zu verbringen, hier wo ich einigermaßen sicher bin.

Der Morgen kam, es wurde langsam hell. In weiter Entfernung hörte ich einen Hahn krähen. Man bezeichnet ihn auch als Weckdienst, der nicht nur den Tag begrüßt, sondern auch in den Hühnerstall stolziert und die Hennen von der Stange kräht, frei nach der Devise: So Mädels, jetzt aber ran an die Arbeit.

Alles nur Phantasie, die Hühner wissen selbst gut genug, wann sie aufzustehen haben, nämlich dann, wenn es draußen hell wird. Und außerdem kräht der Hahn nicht nur morgens, sondern den ganzen Tag, bloß nimmt man es am Nachmittag nicht so störend wahr, wie morgens vor dem Aufstehen. Er lässt damit nur verlauten, dass es sein Territorium ist und dass er es auch verteidigen würde.

Vorsichtig bedacht und nach allen Seiten umschauend, verließ ich den Baum, schlich zurück zu den Gemäuern, die mir einst mal Obdach gewährten. Alles war zusammen gefallen, alles nur noch schwarz, verkohlt, in Schutt und Asche gesunken. Alles ist ein Raub der Flammen geworden. Immer wieder nach Mama rufend lief ich um diesen großen verkohlten Haufen Holz und Mauerwerk herum. Das Feuer, der Rauch und der Ruß hatten ihren zerstörerischen Weg genommen und mich von meiner Familie getrennt. Stunden lief ich hin und her, wartend auf Mama.

Plötzlich erschienen Männer in weißen Overalls mit Schutzmasken und liefen auf der inzwischen abgekühlten Brandstelle umher. Es waren Experten der Kriminalpolizei, die auf Spurensuche gingen, um festzustellen, ob es sich bei dem Brand um eine Straftat handelte. Dabei wurde jedes noch so kleines Detail fotografiert und als Beweismittel eingesammelt, um es später im Labor zu untersuchen. Peinlich genau müssen sie darauf achten, keine neuen Spuren zu hinterlassen oder gar "alte" zu verwischen.

»Wir werden erst mal versuchen herauszufinden, wo der Brand entstanden ist,« erzählte einer der beiden Experten.

»Ich kann das immer noch nicht fassen,« sprach der Eigentümer mit zitternder Stimme, stand fassungslos und kopfschüttelnd daneben. »Ich bin nur froh, dass die Kühe alle auf der Weide waren, wäre gar nicht auszudenken, wenn sie noch im Stall wären.«

»Da kann man von Glück sagen, aber nachdem wir unsere Untersuchungen durchgeführt haben, wissen wir mehr,« sprach wieder der eine.

»Und wie funktioniert so eine Untersuchung?«

»Nun, bestimmte Verfärbungen von Metallteilen und die unterschiedlichen Tiefen, die das Feuer in Holzteile gebrannt hatte, geben schon einige brauchbare Hinweise.«

»Aber bevor die Ermittlungen noch nicht abgeschlossen sind, können wir auch zur Brandursache noch nichts sagen,« erklärte ein weiterer Sachverständiger.

Ich verließ den Ort des Grauens, der mir Leid zugetragen hatte. Wie soll ich damit umgehen, ich brauchte doch die Nähe von Mama. Es quälte mich, kann keinen klaren Gedanken mehr fassen, muss immer wieder an Mama und an meine beiden Geschwister denken. Wo waren sie nur.

Gedankenversunken durchstreife ich die Gegend, marschiere vorbei an satten grünen Feldern, entlang eines sich hinfließenden Flusses, indem verängstigt Frösche hineinsprangen. Der Weg, ein verschlammter Landwirtschaftsweg, der offenbar zu einem abgewirtschafteten Bauernhof gehörte. Eine Dorfidylle, Hühner gackern, Hunde streunen durch die Straßen und Vögel singen in den höchsten Tönen. Besonders schön singen die Männchen, sie wollen so auf sich aufmerksam machen, um den Weibchen zu gefallen. Das Eichhörnchen kletterte einen Baum hinauf und verschwand in der Baumkrone.

Ein kleines Mädchen läuft auf mich zu, kniet sich nieder und will mich streicheln, doch ich machte mich davon. Ich brauche niemanden, der mir gutgemeinte Sprüche und Mitleidsbekundungen ausspricht, die oft sehr praxisfern sind und nicht unbedingt helfen. Niemand weiß wie es in mir aussieht, was ich durchgemacht hatte und was für Sorgen ich mir um meine Familie machte.

Auf dem Weg kommt mir ein von Almosen lebender Mann mit Stirnglatze und Lagerfeld Pferdeschwänzchen entgegen. Er trug eine dreckige Jeans und einen ausgeleierten Pullover. Seine Schuhe waren an den Außenseiten ein wenig aufgeplatzt und wiesen Abschürfungen an allen Stellen. Er sah traurig aus, war von Kummer, Verzweiflung und Hoffnungslosigkeit gekennzeichnet. Sicherlich hat auch er kein Zuhause und ist hungrig, genau wie ich.

Er kniete nieder, streichelte mich und ich ließ es geschehen. Dann nahm er mich behutsam auf den Arm und strich mit seinem Kinn über mein Fell.

»Du bist genauso allein wie ich,« sprach er und ich fühlte, wie sich eine Verbindung zwischen uns aufbaute.

»Komm du kannst heute Nacht bei mir schlafen,« sprach er dann weiter und so trug er mich den Weg entlang, den ich zuvor gerade gegangen war. An einer Bank hielt er an.

»Hier können wir schlafen,« sagte er. »Hier sind wir an der frischen Luft und haben die Natur um uns. Fehlt nur noch das leichte Rauschen der Wellen und der Blick aufs offene Meer, dass sich Blutrot verfärbt, wenn die Sonne am Horizont versinkt.«

Er legte mich auf seinen Schoss, worauf ich in der Kuhle zwischen seinen Oberschenkel versank. Beim beschnuppern seiner Hose stieg mir der Geruch einer unverwechselbaren Mischung aus Diesel, Öl, Schweiß und anderen undefinierbaren Substanzen in die Nase.

»Am Tage sitzen öfters Wanderer hier,« sprach er weiter, »genießen eine Pause, essen ein wenig und da sie zu faul sind, den Rest mitzunehmen, landet es meistens hier im Abfalleimer.«

Er rutsche zum Ende der Bank, hielt mich mit einer Hand fest und wühlte mit der anderen Hand in dem Abfalleimer herum.

»Auch viele Schulkinder nehmen diesen Weg zur Abkürzung,« sprach er weiter. »Und bevor sie ihr liebevoll von Mama geschmiertes Pausenbrot im Vorgarten des Nachbarn entsorgen, wandern immer wieder Schulbrote in diesen Abfalleimer. Sie kaufen sich lieber von ihrem Taschengeld Süßigkeiten, die sie dann in den Pausen vernaschen.«

Dabei holte er ein in Papier eingepacktes Butterbrot heraus und meinte:

»Siehst du, in der heutigen wegwerforientierten Konsumgesellschaft findet man immer wieder was zum Essen.«

Er packte es aus und eine Butterstulle mit Wurst belegt kam zum Vorschein. Aufgeklappt nahm er die Scheibe Wurst heraus, zerriss sie in kleine Stücke und fütterte mich damit, während er das Brot aß. Gierig schnappte ich zu, hatte schon lange nichts mehr gegessen, konnte nicht schnell genug alles in mich hineinschlingen. In den letzten zwei Tagen war der Hunger mein ständiger Begleiter.

»Nicht so hastig mein kleiner Freund,« meinte er und strich dabei sorgsam über mein Rücken.

Wieder wühlte er in dem Abfalleimer herum, fang einen Yoghurtbecher und hielt ihn mir vor die Nase. Instinktiv fing ich an den restlichen Inhalt auszulecken, putze mich danach ausgiebig und legte mich schnurrend wieder auf seinen Schoß. Langsam fing es an zu dämmern und während mein neuer Freund sich auf der Bank lang machte, legte ich mich zufrieden auf seine Brust. Zusammen schliefen wir dann ein.

Nachts wurde ich wieder mal wach, hörte das rascheln von Gräsern und das Schleichen über eine Pflanzendecke. Alsdann wurde es still, mucksmäuschenstill. Plötzlich vernahm ich ein niesen, dann ein lautes Schmatzen, ein heftiges Schnaufen. Äste knackten, Laub raschelte und dann war es wieder still.

Mit pochenden Herzen erhob ich mich, behielt das Gebüsch stets im Blick. Wolken verbargen den Mond und man konnte kaum was erkennen. Ich sprang von der Bank, schlich mich durch Brennnessel und totem Holz hindurch ins Gebüsch und dann ….

Zwei leuchtend glänzende Knopfaugen starten mich an. Mit einer spitzen Nase, die eher an eine Maus erinnert, den kurzen Beinen und den Stacheln auf dem Rücken, konnte er zweifellos einem Igel zu geordnet werden.

Kein anderes Tier gibt derart menschenähnliche Geräusche von sich, wie ein Igel. Er kann sich das auch erlauben. Während wir Katzen auf leisen Pfoten schleichen, damit man uns nicht bemerkt, braucht der Igel seine Anwesenheit akustisch nicht zu verbergen. Schließlich ist er ein Insektenfresser und derartige Lebewesen sind nun mal taub. Auch wegen seiner Feinde muss er sich nicht leise verhalten, er fühlt sich in seinem Stachelpelz sicher. Wenn es zu brenzlig wird, dann stellt er seine Stacheln aufrecht und rollt sich zusammen, wie eine Kugel.

Doch mich fauchte er an, weil ich ihm in seinen nächtlichen Streifzug gestört hatte und da ich es aussichtlos sah, einen Streit mit ihm anzufangen, lies ich ihn allein. Ich ging zurück und legte mich ins weiche Gras unterhalb der Bank um weiter zu schlafen.

Mein Leben, das ich nun führte, war still, ruhig und geschützt, geschützt vor Fragen, vor Mitleid und vor schrecklichen Gefühlen.

»Hallo Katze, wo bist du,« fragte der Mann auf der Bank, als er wach wurde und bemerkte, dass ich nicht mehr auf seiner Brust lag.

»Hier,« miaute ich und kam unter der Bank hervor gekrochen. Er streichelte mich und ich fing an zu schnurren.

»Na wie hast du geschlafen? Du bist es bestimmt gewohnt in einem richtigen Bett zu schlafen, nicht wie ich unter freien Himmel. Du siehst nicht aus, als wenn du eine wildlebende Katze bist, vielleicht eher eine streunende, die von zuhause weggelaufen ist und nun den Heimweg nicht mehr findet. Das macht aber nichts, ich werde mich jetzt um dich kümmern.«

Er stand auf, reckte und streckte sich, um seinen Kreislauf und seine Muskeln in Gang zu bringen. Dann sprach er:

»Komm wir gehen jetzt in die Stadt, mal sehen ob wir da nicht irgendwas zum Frühstück auftreiben können.«

Ich folgte ihm den Weg entlang, lief freudestrahlend vor ihm her. Manchmal musste ich auch stehen bleiben, weil mir zum einen der Duft einer frisch gemähten Wiese in die Nase stieg oder weil ein

Schmetterling gerade in Augenhöhe an mir vorbei flog und sich auf eine der am Wegesrand blühenden Blume setzte.

Sie haben einen kleinen, dünnen Körper und vier große farbige Flügel, die ein wunderschönes Farbmuster bilden. Leider ist bei einigen das Leben schnell vergänglich, bei machen sogar so kurz, dass sie nicht mal zu fressen brauchen.

Wir verließen den landwirtschaftlichen Weg der nur als Naturboden mit Pfadcharakter zu erkennen war und kamen an einer asphaltierten Straße an. Der Mann nahm mich auf den Arm und war dabei die Straße zu überqueren. Von links und rechts sah ich Autos auf uns zukommen, sah wie sie nicht auswichen und der Mann mit stockenden Schritten vor und wieder zurück wich. Ich bekam Angst. Mama hatte immer erzählt, dass man sich vor Autos in Acht nehmen müsse. Sie sind stärker, schneller und vor allem rücksichtsloser. Immer wieder kommt es zu Unfällen, wo Tiere verletzt oder gar sterben.

Ich wollte noch nicht sterben, nicht auf diese Art und so versuchte ich mich aus den Armen des Mannes zu zwängen. Er hielt mich ganz fest und ich spürte, dass er es tat um mich zu beschützen, mich sicher über die Straße zu bringen. Doch meine Angst wurde immer größer, nahm immer wieder die Druckwelle der vorbeifahrenden Fahrzeuge wahr, die mich wahnsinnig machten. Ich miaute:

»Lass mich runter, lass mich runter,« doch er verstand mich nicht. Ich beschloss meine Bitte etwas dringlicher zu formulieren mit einem energischeren Ton, fast schon aggressiv:

»Lass mich endlich hier runter, ich habe Angst.« Doch mein Wunsch wurde weiterhin überhört und langsam stieg die Panik in mir auf. Meine Angst wandelte sich schon in Wut um, Wut weil ich aus dieser Verklemmung nicht heraus kam. Ich fuhr meine Krallen aus, bohrte sie in seinen Arm, worauf er aufschrie, den Arm löste und ich auf die Straße sprang.

In einem äußerst schnellen Tempo rannte ich über die Fahrbahn, wich jedem Auto aus, hörte nur noch wie einige Fahrzeuge hupten und wie der Mann hinter mir her schrie:

»Pass auf, Kleiner!«

Dann erreichte ich wohlbehalten die andere Seite, lief immer noch, als wenn eine Horde gieriger Hunde hinter mir her jagen würde. Erst als ich die Bank wieder erreichte, stoppte ich, kroch unter die Bank und schaute den langen Weg hinunter. Ich wünschte mir, dass der Mann kommen würde und so wartete ich. Es wurde Mittag und er kam nicht. Das quälende Gefühl des Hungers überkam mich. Er kann sehr nervig sein, besonders wenn man nichts zu essen hat und so ging ich weiter.

Kurze Zeit später gelangte ich auf einen Weg, wo vereinzelnd Häuser standen. An einem Tor stand ein Schild mit der Aufschrift: Vorsicht bissiger Hund. Hunde sind nicht so gewandt wie Katzen, dachte ich mir und schlich durch die Gitterstäbe auf die Hofeinfahrt. Ich wollte sehen, wie so ein Hund lebt, der sich auf ein so großes Grundstück austoben kann.

Es war Ruhig, kein Hund war zu hören, kein Hund war zu sehen. Langsam näherte ich mich dem Haus, sah angrenzend eine Hundehütte, davor eine Kette am Boden liegen.

Hoffend, dass der Hund nicht frei herumläuft, mich womöglich lauernd beobachtet und einen Zeitpunkt abwartet, um mich dann anzuspringen, schritt ich voran. Ich bete zum Gott der Fellkugel, dass es nicht so sei, denn ich sah etwas, was mich zu einem unerbittlichen Raubtier werden lassen könnte. Neben der Hundehütte sah ich zwei Schüsseln, die im Schein der Sonne glänzten. Eiligen Schrittes marschierte ich drauf zu, sah dass sich in einer ein Haufen Trockenfutter und in der anderen Wasser befanden. Hungrig stürzte ich mich auf die Brocken, die für mein kleines Mäulchen riesig erschienen, biss sie zwei-, dreimal durch und schlang sie herunter. Zwischendurch nahm ich immer wieder einen Schluck Wasser.

Ich aß so viel wie ich konnte und trank so viel wie ich mochte, als augenblicklich das Tor der Einfahrt sich öffnete. Ein Wagen fuhr herein. Sofort versteckte ich mich hinter der Hundehütte und während der Wagen an mir vorbei fuhr, sah ich den Hund im Laderaum des Kombis, der in meine Richtung blickte. Als er mich sah, fing er sofort an zu bellen, hüpfte hin und her und kratzte an der Innenseite der Scheibe.

»Hörst du wohl auf,« hörte ich sein Herrchen rufen, doch der Hund machte weiter.

»Du sollst endlich ruhig sein,« schimpfte sein Herrchen weiter und versuchte dabei nach dem Hund zu greifen.

»Was ist nur mit dem Hund auf einmal los,« fragte das Frauchen.

»Er hat wahrscheinlich irgendwas gesehen,« antworte das Herrchen. »Vielleicht ein Kaninchen oder so.«

Ich wusste, wenn die Hecktür geöffnet wird, würde er sofort in meine Richtung stürzen, so konnte ich nicht lange überlegen und flüchtete. Ich lief durch das seitliche Beet, das mit vielen Stauden und Büschen bepflanzt war, um das Tor zu erreichen. Doch das war immer noch auf, hatte also keinen Zweck auf die Straße zu laufen, der Hund würde mich dort weiterhin verfolgen.

Schon hörte ich den Hund aus dem Kofferraum springen, hörte wie er bellend anfing zu laufen, wie er sich losriss und sein Herrchen nur noch hinter ihm her rief:

»Komm sofort zurück …! Kommst du hierher!«

Doch von Gehorsam keine Spur, er lief weiter. An einer Stelle des Sitzschutzes, das dies Grundstück von dem Nachbargrundstück trennte, blieb ich stehen. Er war hoch genug für mich, hinüber zu springen und zu hoch, dass der Hund hinterher kommen könnte. Gleichzeitig hörte ich das Gekläff des Hundes, der revolutionär und zerstörerisch durch das Beet rannte und mir immer näher kam.

Sofort setzte ich zum Sprung an, ergriff die oberste Querlatte, zog mich hoch und sprang auf der anderen Seite wieder runter. Im gleichen Augenblick hörte ich, wie der Hund mit seinen Krallen gegen die Stellwand schlug, wie er kratzend versucht das Hindernis zu überwinden. Es war wie beim Bouldern, wo man ungesichert ohne

Kletterseil und Klettergurt versucht eine Felswand zu erklimmen.

»Puh,« miaute ich zu mir, »das war knapp. Hätte ich noch mehr gefressen, hatte ich es wohlmöglich nicht geschafft.«

Über weite Umwege ging ich den Weg wieder zurück, bis ich die Bank erreichte, wo ich tags zuvor auf den Oberschenkel eines Freundes schlafen dürfte. Ich hoffte, dass er da wäre, doch Fehlanzeige, die Bank war immer noch leer. Vollgefressen und Müde legte ich mich darunter ins weiche Gras und ließ meine Augen zufallen.

Doch mein Schlaf hielt nicht lange an. Von dem lauten Gerede und Gelächter dreier Kinder wurde ich wach und verkroch mich ins Buschwerk. Es waren Schulkinder, wie der Mann gestern erzählt hatte, die diesen Weg zur Abkürzung nach Hause nahmen. Sie setzten sich auf die Bank, packten ihre Brote aus, verglichen sie miteinander und entsorgten sie dann im Abfalleimer. Akribisch genau beobachtete ich sie, sah wie Brot, Apfel und Banane hintereinander im Eimer verschwanden. Dabei dachte ich: eine Futterstelle, die niemals dahinsiechen wird, solange es Schulkinder gibt, die spätestens nach dem zweiten Bissen ihr Pausenbrot entsorgen oder es von vorne herein gleich lästig finden sich in der Pause mit dem Essen von Broten aufzuhalten.

Oft dient es auch als großzügige Futterspende für die Enten auf einem Teich. Doch auf diesem Weg ist kein Teich, sodass nur die Möglichkeit besteht, das Pausenbrot hier im Mülleimer verschwinden zu lassen. Wer will schon sein pappig gewordenes Brot zu Hause zu Mittag essen, wenn ein leckeres Mittagessen auf sie wartet.

Nach einer Weile verschwanden die Kinder wieder und ich fing an den Abfalleimer zu durchforsten, einfach mal zu schnuppern, was Kinder nicht so mögen. Es roch nach Wurst, Butter, Brot und Käse, eigentlich nach schmackhafter Nahrung. Doch ich war noch satt, hatte überdies schwer noch mit den großen Trockenfutterpellets zu kämpfen, die in meinen Bauch auf quellten.

Gedankenverloren setzte ich mich daraufhin vor einem Grasbüschel und kaute auf einen langen Halm herum. Es ist eine Verdauungshilfe für uns Katzen, eine instinktive Tätigkeit die wir ausüben, wenn wir Probleme mit der Verdauung haben. Danach musste ich mich übergeben und die ganzen Brocken von dem Trockenfutter kamen wieder zum Vorschein. Erstaunt blickte ich auf die breiige Masse, die beim Essen noch ganz anders aussah. Vielleicht war es gar nicht so gut, soviel von dem

Trockenfutter zu fressen. Vielleicht sind sie für uns auch nicht so gut zu verdauen.

Ich ließ davon ab, beschloss lieber ein Nickerchen zu machen, legte mich schützend unter die Bank und fing an zu schlummern. Dabei ging mir der Mann von gestern nicht aus dem Kopf, der das gleiche Schicksal trug wie ich, der keine Freunde, keine Familie, kein Dach über den Kopf und nichts zu fressen hatte. Ich hoffte, dass er bald wiederkommt. Er ist der einzige den ich nach der Trennung von Mama kenne und der mich vielleicht sogar versteht.

5. Wenn das Fell erstmal durchtränkt ist, sinkt der Niedlichkeitsfaktor enorm

Der nächste Morgen kam und von dem Mann immer noch weit und breit nichts zu sehen. Ich war immer noch allein, doch ich musste lernen, nur mit mir selbst zu rechnen. Ich kann schniefen und schnaufen, ohne dass Mama oder meine Geschwister herum meckerten. Ich maue oft, halblaut, mit mir selber? Ja mit mir selber! Mit dem verbreiteten Gemecker meiner Geschwistern ist nun vorbei, kein Stress, kein hänseln oder herabwürdige Bemerkungen mehr. Ab jetzt tue ich, was ich will, lasse meinen Bauch sprechen. Wenn ich Hunger habe, werde ich auf die Jagd gehen, wenn ich Müde bin werde ich schlafen.

Ich ging einen Feldweg entlang, der zwei Wiesen voneinander trennte, schaute zum Himmel und sah, wie sich immer mehr dunkle Wolken zusammenschlossen. Dann fing es an zu regnen. Leicht tröpfelte es auf mein Fell, drang zwischen den Haaren bis zur Haut vor und verursachte ein fröstelndes Gefühl. Der Regen wurde heftiger und ich sah nirgends eine Möglichkeit, dass ich mich unterstellen konnte. Schnell lief ich um den Regen zu entkommen, der mit seiner starken Aufprallkraft mir ins Gesicht peitschte, als wenn ich einem Sandsturm entgegen laufen würde.

Dann gelangte ich zu einer dieser Fahrwege, die nur mit etwas Schotter befestigt waren und über keine Bürgersteige verfügten. Links und rechts waren Grundstücke, die mit Hecken eingezäunt waren. Dicht drängte ich mich an eine Buchenhecke entlang, versuchte mich so von dem immer stärker werdenden Regen zu schützen. Mein Fell war bereits vom Wasser durchtränkt und mit meinem jetzigen Aussehen, sinkt mein Niedlichkeitsfaktor enorm.

Zwischen zwei dicht stehenden, verzweigten Sträuchern quetschte ich mich rückwärts hinein und schaute in die Pfützen, die sich vor mir auf der Straße bildeten. Wassertropfen tanzten fröhlich hin und her, sprangen kreuz und quer, rauf und runter. Es sah aus wie das Hüpfen auf einer Matratze oder das springen auf einem Trampolin. Es war ein richtiges Gedränge und Geschubse auf den Oberflächen der Pfützen.

Ich meide lieber Wasser, mag auch nicht wenn es regnet. Es macht mein Fell zwangsweise nass und schwer und es ist anstrengender damit auf die Jagd zu gehen oder gar schnell vor einem Feind zu flüchten. Manche behaupten sogar, dass unsere Vorfahren Wüstentiere waren, die es gelernt hatten mit dem knapp bemessenen Wasser auszukommen und dass es evolutionsbedingt noch in unseren Genen steckt, dass wir mit der kostbaren Flüssigkeit sparsam umgehen.

Plötzlich hörte ich ein Grollen. Mein Blick lief entlang der dunklen Wolken, von denen sich immer mehr zusammenzogen. Groß und größer wurden sie. Ein faszinierendes Spiel. Blitze traten auf und ließen mich erschrecken. Ich lief die Hecke weiter entlang und gelangte zu einem Carport in dem ein Fahrzeug stand. Befangen kroch ich unters das Auto und dann ging es auch schon los. Blitze zischten, mächtige Donner grollten und Regentropfen platschten dick vom Himmel herunter. Der Wind zog auf, fegte in die Bäume hinein und ließ kleine Äste brechen. Kräftig klopften und trommelten die Regentropfen auf das Dach des Carport und zerplatzen zu gleich.

Hier unter dem Auto war ich zunächst geschützt und so fing an mein Fell soweit trocken zu lecken, wie es mir in geduckter Haltung möglich war. Dabei schaute ich immer wieder auf die Straße, die vom Regen durchflutet wurde und sich in eine rötlichbraungrüne Schlammlandschaft verwandelt hatte. Immer wieder blitzte es und lies Schatten auftauchen, die wie tote

Geister ungewollt durch die Gegend spukten.

Wieder blitzte es und der mächtige schwarze Schatten eines Baumes bildete sich auf der durch Regenwasser aufgeweichten Straße ab. Er blieb so lange erhalten, bis die Helligkeit des Blitzes seine Beschaffenheit verloren hatte. Dann wieder und wieder Blitze und wieder und wieder unheimliche Schatten, die in den verschiedensten Erscheinungen auftraten. Danach war es jedes Mal dunkel und nur das grollen des Donners war zu hören, der sich immer weiter entfernte.

Regen hat nicht nur in der Tierwelt eine schlechte Reputation sondern ist auch bei den Menschen stark diskriminiert, da er entspannungsbedürftige Menschen daran hindert, Spaziergänge zu machen oder in der Sonne zu liegen.

Nach gefühlten Stunden des Wartens hörte der Regen auf. Die Wolken zogen weiter und machten der Sonne und dem Himmelsblau wieder Platz. Mit langgestreckten Vorder- und Hinterpfoten kroch ich wieder unter dem Fahrzeug hervor, schüttelte mir das überflüssige Wasser vom Fell, streckte mich und ging mit hochgehobenem Schwanz durch die starke Verschmutzung der Straße, die der Regen mitgebracht hatte.

Überall hatte sich eine Brühe angesammelt und bahnte sich den Weg der Straße entlang, um irgendwo vom Erdboden aufgesaugt zu werden. Ich miaute, wusste eigentlich gar nicht warum, war wohl in ein Selbstgespräch vertieft, was ich fiktiv mit meiner Mama führte.

Da, etwas bewegte sich am Rande der Pfütze. Ich blieb stehen, spitze die Ohren, machte einen Buckel und beobachtete zunächst die Bewegungen. Tief atmete ich noch mal durch, schlich mich dann mit gewölbten Rücken und zuckte dabei ständig mit dem Schwanz, als wenn ich mich auf die Konfrontation mit einem größeren feindlich gesinnten Gegner vorbereiten würde.

Kurz vor der Pfütze blieb ich stehen und sah, wie ein Regenwurm sich aus dem Brackwasser heraus schlängelte. Er hatte wohl aufgrund des Regens sein unterirdisches Reich verlassen, um auf der Oberfläche den Wasseranstieg zu entkommen. Sie mögen auch kein Regen, weil sie ersaufen könnten. Für den Garten sind sie von zentraler Bedeutung, dass sie als wichtiger Erzeuger von Humus gelten und so für die Belüftung des Bodens sorgen.

Ich ging weiter und dachte an Fische, die doch Regen mögen. Sie schwimmen dann meistens an der Oberfläche und lassen sich von dem peitschenden Tropfen massieren.

Schnecken mögen auch Regen, sie können sich dann schneller fortbewegen.

Mama hatte mal erzählt, dass Tiere auch den Regen zu diebischen Zwecken nutzen. Vögel zum Beispiel. Während ein Vogel bei Regen das massieren der Fische zum Anlass nimmt auf Beutezug zu gehen, warten bereits zwei andere, um den Jäger die Beute abzuknöpfen. Dass tun sie zu zweit. Der eine attackiert den Vogel mit dem Fisch im Schnabel so lange, bis er ihn fallen lässt und der andere dann die Beute im Flug auffangen kann.

Unter den Spinnen gibt es auch diebische Verhaltensmuster. Da gibt es kleinere Spinnen die in der Lage sind über Spinnennetze wesentlich größerer Artgenossen zu laufen. Die kleine Spinne warte bis sich ein Insekt verfängt, stürzt sich darauf und bevor die große Spinne eingetroffen ist, ist die kleine längst über alle Berge. Sie ist halt schneller, als die großen.

Ich marschierte Richtung Bank, hoffte, dass irgendwelche Wanderer oder Schulkinder vorbeigekommen sind und was Fressbares in den Abfalleimer geworfen hatten. Ich lebte meine Tage, Wochen und Monate so dahin, wurde größer, stärker und selbstsicherer. Die verschiedensten

Futterquellen hatte ich ausfindig gemacht und sie regelmäßig besucht.

Da waren die Fressnäpfe des Hundes, wo ich immer warten musste, dass sein Herrchen oder sein Frauchen oder sogar beide mit ihm Gassi gingen. Manchmal fuhren sie auch mit ihm weg und dann war immer meine Gelegenheit da, mich an seinem Fressen zu bedienen.

In einem Garten standen sogar Schüsseln mit Katzenfutter und Milch. Hier konnte ich allerdings erst ganz spät erscheinen, wenn alle schliefen, da die Schüsseln auf der Terrasse dicht am Haus standen. Erst wesentlich später hatte ich bemerkt, dass das Futter für Igel war und so hatte ich dann nur noch die Hälfte gefressen.

An schönen Tagen war auch immer wieder eine angebissene Scheibe Brot im Abfalleimer, mit Scheibenwurst oder geschmierter Wurst drauf. Ab und zu auch ein fast leerer Joghurtbecher und eine Getränketüte.

Selbst die Kaninchenställe von dem Bauern, wo ich einst in dessen Scheune gewohnt hatte, besuchte ich regelmäßig. Wenn dann das Kaninchen auf der gegenüberliegenden Seite lag, griff ich durch das Draht und holte mir einiges von seinem Trockenfutter. Eigentlich störte ihn das wenig, nur manchmal, wenn er schlief und ruckartig wach wurde, dann fühlte er sich bedroht und klopfte mit seinen Hinterläufen.

Bei einem anderen Bauern war ich oft auch Gast in seinem Kuhstall. Zu Futtern gab es hier zwar nichts, da die Kühe auf der Weide standen, aber das Stroh war weich und flauschig und bot sich als bequemes Schlafplätzchen an, besonders dann, wenn es draußen ungemütlich und nass war.

Hin und wieder bot mir auch die Bank eine besinnliche Open Air Übernachtung, besonders dann, wenn es so heiß war. Aber auch im Carport unter Autos musste ich schon Nächte verbringen, da es fürchterlich regnete, als wenn der Himmel zusammen zu brechen droht.

Eigentlich ging es mir ganz gut, wenn nicht immer wieder mal einer dieser Bewachungstölen hinter mir herlaufen würde und ich mich rettender weise auf einen Baum verflüchten musste.

»Schwein sein, kann fein sein,« miaute ich dann immer wieder herunter, bis sie dann aufgaben und verschwanden.

6. Sommerzeit ist Grillzeit

Es war wieder einer dieser Tage, wo der Himmel blau war und die Sonne in ihrer ganzen Pracht schien. Viele entspannungsbedürftige Menschen nutzen die Wärme um Spaziergänge zu machen oder um einfach ihre Lebensfreude und ihre von der Kälte verlorengegangene Frische und Bräune zurück zu erhalten.

Dabei wird immer der Drang verspürt, sich leicht bekleidet den Mitmenschen zu präsentieren. Eine unverkennbares Symptom, das fast bei allen Menschen gleichermaßen auftritt.

Leicht hechelnd suchte ich mir einen schattigen Platz und fing an, mein Fell zu putzen. Dabei sondere ich Speichel ab, welcher bei Verdunstung mir Kühle verschafft.

Unser dickes Fell schützt uns zwar in der kalten Jahreszeit und hält uns warm, doch wenn wir in der wärmeren Zeit in unseren Sommerfellmantel durch die Gegen flanieren, dann kommen auch wir schon mal ins Schwitzen. Schließlich haben wir nicht - wie die Menschen- am ganzen Körper Schweißdrüsen, sondern nur ein paar zwischen den Zehen und an den Ballen, mit denen wir nur Gegenstände durch reiben markieren.

Im Schatten einer Hecke marschiere ich einen Feldweg entlang und sehe von weiten auf einer mittelgroßen Wiese, dass sich viele Menschen mit Zelten niedergelassen hatten.

Einige von ihnen sind noch damit beschäftigt, sich wohnlich einzurichten, ihr Zelt unter Beachtung sämtlicher Richtfestrituale aufzubauen. Andere gestandene Männer mit langen Haaren und Bart trugen in jeder Hand eine Kiste Bier und waren anschließend so geschwächt, dass sie sich erst mal mit einem Bier stärken mussten.

Manche saßen bereits vor einem offenen Feuer und beschütteten ihr Fleisch mit Bier um es auf dem Holzkohlegrill verbrennen zu lassen. Andere wiederum fingen erst gar nicht mit fester Nahrung an, sondern ernähren sich in flüssiger Form. Es hatte den Anschein, dass hier ein Festival mit Konzertatmosphäre stattfand.

Ich schlich mich näher ran, denn bei so einer Ansammlung von langhaarigen, dem Alkohol frönenden Musikliebhabern, fällt immer was zum fressen ab.

In sicherer Entfernung machte ich halt, legte mich auf die Lauer und beobachtete das Spektakel, wie sich immer mehr Menschen mit ihren Zelten auf der Wiese verteilten.

Die Bühne befand sich abseits des Zeltplatzes und nach geraumer Zeit fing auch schon die erste Band an zu spielen. Ihre Verstärker waren so laut, dass die Beschallung bis in den letzten Winkel des Zeltplatzes reichte. In scharren stürzten sich die Musikliebhaber Richtung Bühne um möglichst lässig und gleichzeitig doch irgendwie auffällig im Einklang mit der Musik herum zu zappeln.

Langsam kroch ich durch das hohe Gras und kam den Zelten immer näher. Man muss nur aufpassen wo man hintritt, denn derartige Konzertbesucher markieren ihr eigenes Revier, in dem sie überall hinpinkeln, Kot absetzen und den Mageninhalt erbrechen.

Die von der Bühne entferntesten Zelte hatte ich im Visier, kroch auf allen vieren weiter und gelangte an eines der aus Stoffbahnen bestehenden temporären Bauten.

Viele sind der Meinung, dass derartige Behausungen in erster Linie vor schlechtem Wetter schützen sollen. Das stimmt auch. Aber wehe es kommt ein Sturm, dann hat man ein Zelt längstens gehabt.

Niemand war zu hören und auch niemand war zu sehen und so huschte ich hinein. Es war leer, niemand lag drin. Auf einer

Luftmatratze lag ein zusammengelegter Schlafsack, daneben eine Kühlbox. Auf der Kühlbox drei Flaschen die einem ziemlich schnell schummrig im Kopf machen konnten, davor zwei Metallbecher. In der Kühlbox befand sich bestimmt das was ich suchte, doch sie auf zu kriegen, war unmöglich und so verließ ich das Zelt wieder.

Schnurstracks steuerte ich auf das nächste Zelt zu, dessen Bodenplatte mit Schlaufen versehen war, aber nicht mit Heringen gespannt wurde. Es flatterte im leichten Wind und wies keine besondere Stabilität aus. Duckend ging ich zum Eingang und schaute hinein. Leer und so verschwand ich im Inneren.

Dies war im Gegensatz zu dem anderen von einem schluderigen Menschen bewohnt. In der einen Ecke staute sich das Dosenbier palettenweise, daneben aufgerollt die Isomatte, der Schlafsack wurde zusammen geknautscht nur fallen gelassen und davor diverse Waschutensilien und Wechselklamotten, die dem Anschein nach, nur einen dekorativen Charakter besaßen.

Auf der anderen Seite eine weit geöffnete Reisetasche mit Grillzange, Grillanzünder, Besteck und Plastikteller. Daneben Grillkohle, eine Plastiktüte mit Dosenravioli, die bevorzugt kalt und aus der Dose gegessen wird und eine Hemdchentüte in der sich in Papier eingewickelt Würstchen und Koteletts befanden.

Ich schnappte nach dem Papier, riss es hin und her und wollte mir gerade eins dieser dicken fetten Fleischstücke heraus ziehen, als ich Stimmen hörte.

Sofort blickte ich mich um, suchte eifrig nach einer Versteck- oder Fluchtmöglichkeit. Die einzige Fluchtmöglichkeit wäre durch den Eingang, doch dann würde man mich bemerken und ich könnte mir diese Fundgrube abschminken.

Die Stimmen kamen näher. Einen Augenblick grübelte ich noch nach, dann entschied ich mich unter den Schlafsack zu kriechen und mich still und leise zu verhalten. Ganz stumm blieb ich liegen, fühlte mich auf einmal vollkommen überfordert mit dieser Situation. Plötzlich standen die Stimmen direkt vor dem Zelt. Es waren zwei Männer, die sich unterhielten:

»Komm setz dich hin, ich hol uns ein Bier.«

»Ja wenn's geht ein kaltes.«

»Kaltes hab ich nicht, oder meinst du, mein Iglu wäre mit einem Kühlschrank ausgestattet?«

»Mit einem Kühlschrank vielleicht nicht, aber mit einer Kühlbox.«

»Dann hätte ich kein Platz zum Schlafen, ist so und so schon ziemlich eng.«

»Schafft dir ein größeres Zelt an. Vielleicht mit einem separaten Erker für den Kühlschrank oder so.«

»Ne, ne, las stecken. Dafür hab ich keine Kohle. Außerdem reicht mir das lütte Ding. So was willst du jetzt? Sonnengewärmtes Bier oder lieber mit einer trockenen Kehle leben?«

»Dann gibt mir mal eins von den Bieren, die mangels Beschattung im Zelt zu einer unerträglichen Temperatur aufwallten und die dafür sorgen, dass nicht zu viel Alkohol vom Vortage abgebaut wird.«

»So will ich dich hören,« sprach der eine und kroch daraufhin ins Zelt, schnappte sich einige Bierdosen und robbte wieder raus.

In Embryostellung lag ich hier im Schlafsack, der nach Rauch, Schweiß und anderen Absonderungen roch. Ich mochte mich kaum bewegen, konzentriere mich auf die Stimmen vor dem Zelt und atmete den Gestank von dutzenden Käsefüßen ein, die monatelang mit alten Socken in der prallenden Sonne lagen.

Während ich versuche meinen misslichen Umstand einzuschätzen, streckte ich mich und in diesen ungünstigen Augenblick meldete sich meine Blase zu Wort. Scheiße, dachte ich mir, ich muss hier raus und wenn ich schon fluchtartig das Zelt verlassen muss, dann nicht ohne ein Stück Fleisch. So kroch ich unter dem Schlafsack hervor, ging zu der Tüte, riss das Papier weiter auf und erfasste eins der Koteletts.

Das raschelnde Geräusch wurde von dem Mann vor dem Zelt wahrgenommen, der daraufhin geradezu ins Zelt stürzte.

»Ey du alte Töle,« rief er und versuchte mit der Hand nach mit zu schlagen.

»Wenn ich dich kriege mach ich dich platt.«

Ich wich seinen Handgriffen aus, fing an zu fauchen und verlor dabei das Kotelett. In einem unachtsamen Augenblick des Mannes gelangt es mir, den Weg zwischen seinen Beinen zu bahnen und zu türmen.

Im Galopp lief ich los, hörte nur noch die Worte hinter mir her schreien:

»Du altes Mistvieh, hau bloß ab.« Dabei warf er noch seine Bierdose hinter mir her, die allerdings ihr Ziel bei weitem verfehlte.

Erst als ich ein Gebüsch zum Schutz fand, blieb ich stehen, schaute in die Richtung des

Festivals und entleerte meine Blase. Dann wartete ich eine Zeitlang, um mein Vorhaben zu wiederholen. Laut schallte die Musik zu mir rüber und hinderte mich daran ein Nickerchen zu machen.

Stunden vergingen, es wurde schummerig. Von weitem sah ich, wie nur noch an wenigen Feuerstellen der Rauch aufstieg, wo noch die letzten selbst ernannten Grillmeister dabei waren, ihre Steaks entweder blutig oder mit einer knusprigen schwarzen Kruste zu versehen.

Es wurde Zeit für mich, mich heran zu pirschen, mich um mein Abendmahl zu kümmern. Fortan schlich ich über die Wiese, erreichte die Umgrenzung des Platzes und schaute mich sorgfältig um.

Vor einem Zelt saßen noch drei Männer und schauten dem Feuerzauber zu, hörten das Knistern und Knacken der Holzscheide und hingen ihren Gedanken nach. Stimmungsvolle Fackelspiele entwickelten sich und zugleich schallte die Musik über die Dächer der angrenzenden Zelte herüber. Eine stimmungsvolle Atmosphäre.

Das klackernde Licht ließ das etwas abseits am Zelt stehende Tablett festlich erleuchten. Rote Flammenzungen, kleine blaue Flackerflämmchen und die goldenen Flammenmantel schwebten wie erschrockene Geister hin und her. Beständig zügelten sich die Flammen aus dem Gehölz, entbrannte in seiner Leidenschaft und ließ aus Holz Asche entstehen.

Das abseits der drei, rückwärtig am Zelt liegenden Tablett, hatte ich im Visier. Benutzte Teller und Bestecke befanden sich drauf. Daneben eine mit Klarsichtfolie abgedeckte Plastikschüssel mit Grillspießen und Würstchen.

Während die drei gemeinsam in die Glut schauten, in das heiße, helle Sterben, in die Flammenzungen, die sich tänzelnd bewegten, war ich voller Freude, meine Hungersnot nun gleich schwinden zu lassen.

Im Schatten der Zeltwand schlich ich voran, entfernte fast lautlos mit einer Pfote die Folie und schnappt mir eines dieser Würstchen. Ein Blick noch zu Feuerstelle, doch alle saßen noch da, schauten in die Feuerstelle, in die hypnotisierenden Flammen, die ihre Gesichter erröten ließen.

Mit der Wurst im Maul verschwand ich hinter dem Zelt, verschlag sie hastig und stellte mich dann wieder in Positur. Sie saßen immer noch alle da, keiner hatte etwas bemerkt und so bediente ich mich abermals an der Schüssel, nahm diesmal einen von den Grillspießen.

Leise schlich ich zurück, als ich abermals eine Stimme hinter mir hörte:

»Hey, du Dieb, das ist bestimmt nicht für dich.«

Ich drehte mich um und sah einen Mann, der wohl den inneren Drang verspürte, sich seiner Oberbekleidung zu entledigen um stolz seine Plauze zu präsentieren. Dabei wäre ich wohl der am wenigsten Interessierte, der seinen Gourmet-Tempel bewundern wollte.

»Hey Jungs, hier ist eine Zeckenschleuder, die dabei ist, euer Fleisch zu klauen.«

Sofort sprangen die drei anderen hoch, worauf ich sogleich Reißaus nahm und ohne lange das Maul zum fauchen aufzureißen, da ich sonst meine Beute ablegen müsste, lief ich los.

Es erwies sich als sehr hinderlich, den mit Fleischstücken aufgereihten Holzspieß durch das hohe Gras zu transportieren. Immer wieder verfingen sich die Grashalme.

Dann endlich erreichte ich wieder das Gebüsch, kroch tief ins Unterholz um mich von eventuellen Verfolgern zu schützen. Doch es kam keiner und so genoss ich die Fleischbrocken, einen nach den anderen.

Müde wurde ich, wollte schlafen, doch die laute Musik ertönte auch noch bis hierher. Ich machte mich auf den Weg in mein altes Revier, zu meiner Bank, die mir immer wieder ein Zuhause bot. Gesättigt und Müde legte ich mich darunter und schlief ein.

7. Im Tempel
der Trübsal und Trauer

Gähnend stand ich auf, reckte mich und fing an mein Fell zu putzen. Die Morgendämmerung war bereits eingetreten und es schien auch heute ein schöner Tag zu werden.

Immer noch satt von dem gestrigen Tage, ging ich los um was zum Trinken zu finden, denn ein gewaltiger Durst überkam mich. Die einst gewesenen Pfützen sind durch die klimatischen Verhältnisse der letzten Tage ausgetrocknet und verdorrt. Es hat seit einigen Tagen nicht mehr geregnet und auch viele Pflanzen in freilebender Natur lassen ihre Köpfe hängen.

In einigen Gärten wird mit Wasser nur so rum geaast. Da ist der dichte teppichartige Rasen so saftig grün, dass jede Kuh vor Neid erblassen würde. Meistens sind hier Gärtner am Werke, die die Rasenfläche so pflegen, dass jeder Grashalm die gleiche Breite und Höhe hat.

Andere Gärten sind mittelmäßig gepflegt, von Hecken umgeben und mit Gartenzwergen verziert, die sich auf verbrannten Stellen des Rasens ihr Stelldichein gaben.

Dann gibt es noch die, die ihre Rasenfläche verkleinert haben um ein Gartenteich anzulegen. Ein von Pflanzen und Fischen bewohntes Becken. Sie sind vielerlei von Nutzen, unter anderem als Tränke für mich. Sicherlich wissen auch andere Tiere die Vorzüge eines solchen Teiches, wie zum Beispiel der Igel, der hat ja schließlich auch Durst, oder Katzen und so weiter.

Allerdings wird der Besuch einer solchen Tränke von den Eigentümern nicht gern gesehen. Sie stehen dem verständnislos gegenüber und versuchen immer wieder, uns zu verscheuchen.

Ich machte mich auf den Weg zu einen dieser Grundstücke, gelangte wieder auf eine dieser Straßen, die nur aus Schotter bestanden und über keine Bürgersteige verfügten. Am Ende dieser Straße befand sich das Grundstück, groß, geräumig, mit riesigen Teich und vielen Fischen.

Doch kaum war ich nah genug heran, hörte ich auch schon dessen Kinder, die lautstark auf dem Rasen spielten. Der Teich grenzte direkt an der Terrasse des Hauses und da die Eltern der Kinder sich dort aufhielten, war es im Moment nicht möglich meinen Durst zu stillen.

Betrübt ging ich weiter, kam an einer extrem langen Buchenhecke vorbei. Am

Ende der Buchenhecke ein riesiges Tor. Ich huschte hindurch und befand mich an einem Ort, an dem Verstorbene begraben werden, an dem man immer wieder an den geliebten Menschen denken kann. Es ist ein Tempel der Trübsal und Trauer.

Gärtner sind damit beschäftigt, diesen Ort zu pflegen und immer wieder zu verschönern, um eine würdige Stätte der Ruhe zu schaffen.

Überall waren Grabsteine unbekannter Menschen, auf denen sich bemerkenswerte Details befanden, eingefasst in kleinen von Buchsbaumhecken umgebenen Flächen.

Manche waren sehr alt, hatten schon Jahrhunderte überstanden. Einige konnten von einer kulturgeschichtlichen Veränderung dieser Region erzählen, andere waren bereits der Natur so verfallen, dass man sie nicht mehr erkennen konnte.

Ungestört ging ich des Weges entlang, bestaunte die Grabflächen, die durch die vielen Blumen eine besondere Ausstrahlung verhielten. Einige von ihnen jedoch waren verwildert, wurden von der Natur überrascht.

Ich kam an einem Gießkannenbaum vorbei, an denen zwei Kannen hingen. Daneben ein Brunnen mit Wasser für die Grabpflege. Mit einem Satz befand ich mich auf dem Rand, schaute hinein und sah, der Brunnen war leer. So leckte ich am Wasserauslauf des Wasserhahnes, doch auch da war kein Tropfen zu finden.

Es gibt noch mehr von diesen Brunnen, dachte ich mir und lief weiter. Aber auch der nächste war leer. Doch dann hörte ich das dumpfe Geräusch eines Wasserstrahles, lief in die Richtung und sah einen Mann, der unter dem Wasserhahn eine Gießkanne befüllte. Es war ein Mensch, eines dieser armseligen, schutzlosen Wesen ohne Pelz und Krallen.

Kaum war er weg, sprang ich wieder auf den Rand des Brunnen und bediente mich an den letzten Tropfen die aus dem Hahn fielen.

Dann wartete ich bis der Mann die Kanne zurückbrachte, sie aufhängte und verschwand. Mit nach unten gesenkter Tülle hing die Kanne am Gießkannenbaum und ließ den letzten Rest des Wassers heraus tröpfeln. Jeden einzelnen Tropfen fing ich mit meiner Zunge auf.

Als kein Tropfen mehr herauskam, ging ich zu der Grabfläche, die gerade zuvor begossen wurde. Ich staunte nicht schlecht über diese Grabstelle. In der Mitte befand sich ein riesiges aus roten Nelken geformtes Herz, gefüllt mit weißen Nelken. Ringsherum

Lobelien, ein Meer von bauen Blumen, die diese Herz besonders hervorhoben.

Erst wesentlich später erfuhr ich, dass hier die große Liebe eines Mannes liegt, die sein Leben mit Sonnenschein erfüllte, ihm Vertrautheit, Geborgenheit, Zuneigung und Nähe vermittelte. Eine Liebe, die sehr selten war und dadurch sehr, sehr wertvoll wurde.

Sie konnten mit einander reden, denn jeder hatte immer was zu sagen; wurden niemals alleine gesehen, sodass man sie schon als siamesische Zwillinge bezeichnete. Einige behaupteten sogar, dass man ihnen Magnete in die Hände eingepflanzt hätte, weil es kein Moment gab, wo sie nicht Hand in Hand durch die Gegend marschierten.

Es war eine Liebe, die in einem besonderen Glanz erblühte, eine Seelenverwandtschaft zu wissen was der andere denkt, bevor er es verwirklicht. Ein Mann, der später mein Herrchen wurde.

Ich leckte das überschüssige Wasser jeder einzelnen Pflanze ab, das ganz besonders auf der Oberfläche der buschig wachsenden Lobelie verharrte und stillte damit so einigermaßen meinen Durst.

Nun galt es mal wieder nach was fressbaren zu jagen. Dabei dachte ich an das Festival von gestern, dass sich gut für solches Vorhaben geeignet hatte. So ging ich den gleichen Weg wieder zurück. Dabei kam ich an einen frisch aufgehäuften Erdhügel vorbei, der mit vielen bunten Blumenkränzen, Sträußen und Schleifen fast völlig bedeckt war. An einigen Stellen sah man noch den pechschwarzen Mutterboden.

Stoßweise atmete ich den frischen Erdgeruch ein, der angereichert war mit humusreichen Substanzen.

Mit den Blumen zusammen entstand ein angenehmer Geruch, der an Gewesenes erinnert, an nostalgisch verflossenen Zeiten, an Glanz und Glamour, an Vergangenheit, die man unbestraft belächeln konnte und sich danach gleich etwas besser fühlte.

Ich dachte darüber nach, ob wir Katzen auch so beerdigt werden, ob man uns auch mit Blumen bedacht, uns Zuwendungen erteilt, Gedanklich begegnet, wenn wir nicht mehr da sind. Dabei hob ich langsam meine Pfote, lies sie auf das Erdreich wandern, schob ein wenig davon zur Seite und lies die innere Wärme aufsteigen. Es roch nach Pilzen, Muff, Garten, Wald, Moos und Bazillen.

Doch dann spürte ich meinen Hunger und so ließ ich von weiteren archäologischen Untersuchungen ab.

Kurz vor Verlassen des Friedhofes kam ich an einer alten Dame vorbei. Sie war leicht gekrümmt und hielt sich an ihrem Gehstock fest. Scheinbar nachdenklich setzte sie sich auf eine Bank und als sie mich sah, rief sie:

»Hallo kleine Katze, wo kommst du denn her?«

Ältere Damen sind immer sehr tierlieb und so ließ ich mich von ihr auch streicheln. Sie trug ein dunkles Kostüm mit schwarzen Nylonstrümpfen, hatte einen Dutt, der aus vielen grauen Haaren bestand. Sie hat bestimmt ihren Mann verloren und schien nun allein zu sein, genau wie ich.

»Du hast bestimmt Durst bei der Wärme,« sagte sie. »Warte hier, ich hole dir was zu trinken.«

Sie ging zu einem dieser Brunnen, kam mit einer Gießkanne zurück und goss etappenweise das Wasser auf den asphaltierten Weg.

»So trinke, meine kleine Katze,« sagte sie und ich fing an, das Wasser aufzunehmen.

»Früher hatte ich auch eine Katze, als mein Mann noch lebte. Mizzi hieß sie, war immer im Garten und spielte mit den Blumen. Irgendwann hatte sie das Grundstück verlassen und wurde überfahren, das arme Wesen.«

Wieder streichelte sie mich, worauf ich einen Buckel machte, um die Berührung der Finger intensiver zu spüren.

»So ich muss jetzt weiter,« sagte sie dann. »Pass auf dich auf, nicht das es dir so ergeht wie meiner Mizzi.«

Daraufhin ging sie weiter und auch ich folgte meinem Weg, denn das Festival rief.

Als ich annähernd dort ankam, sah ich, dass die Leute dabei waren ihre Zelte abbrechen. Eine ärgerliche Situation, dachte ich mir, die Veranstaltung schien vorbei zu sein.

In einem ausreichenden Abstand beobachtete ich das Geschehen, wie die Fahrzeuge bepackt, Feuerstellen vergraben und der Müll zusammen gesammelt wurde. Dann die Verabschiedung durch einen hemmungslosen Kavalierstart, der die Räder durchdrehen ließ und die Grassoden zum Fliegen brachte.

Es wurde arg leer und so suchte ich die Plätze nach was fressbaren ab. Hin und wieder fang ich den Knochen eines Koteletts, oder ein Stück abgebissene Wurst, die bereits von Ameisen belagert wurde.

An einigen Stellen lag Erbrochenes, eine helle schleimige grünlich-braune Flüssigkeit, in der sich Fliegen suhlten. Ein Erinnerungszeichen von Leuten, die solche Veranstaltungen zum kollektiven Ausflippen missbrauchen und sich den Kopf mit Bier und sonst was zuhauen, um den Katzenjammer ihrer Existenz zu vergessen.

In regelmäßigen Abständen standen Müllsackständer, die bereits überliefen oder wo der Müllsack aus der Halterung gefallen war und sich alles auf dem Boden sammelte.

Beim Durchforsten wird man immer wieder fündig, findet Wurst, Fleisch und Milchprodukte, die vom Konsum angetriebenen Menschen entsorgt wurden.

Gesättigt verließ ich den Platz und streunte wieder in Richtung meiner Bank. Dort gönnte ich mir eine ausgiebige Ruhepause und dachte darüber nach, wo ich mich denn morgen zum Fressen einladen werde.

So ein Sommer hat natürlich seine Vorteile. Allein durch derartige Veranstaltungen und den Gedanken der Menschen, niemals wieder was mit nach Hause zu nehmen, finden wir freilebende Tiere immer was zum fressen. Es ist nicht immer leicht, aber mit List und Tücke schafft man schon so einiges.

Kalte und verregnete Tage sind meistens Tage des Hungerns, Durstens und

Wehklagens. Ganz schlimm sind die Wintermonate, wo wir tagelang ohne Futter auskommen müssen. Hier leben wir mehr schlecht als recht von unserem Winterspeck, den wir uns im Sommer angefressen haben.

8. Die Wintermonate waren die schlimmsten.

Oft herrschten Minustemperaturen im doppelstelligen Bereich und nur das Stroh bei den Milchkühen gab ein einigermaßen warmes Bettchen. Futter bei diesen Temperaturen zu finden, ist reine Glückssache. Es ist ein Kampf ums Überleben, abseits der all-inklusive Mentalität eines verwöhnten Hundes oder einer verwöhnten Hauskatze. Täglich wurde ich gefordert, was Fressbares zu finden, den Entbehrungen und Gefahren des Alltags zu trotzen.

Der Hund auf diesem großen Grundstück hatte meine Besuche bemerkt, war nicht mehr geneigt auch nur einen einzigen Krümel überzulassen. Aufgesaugt hatte er es, wie ein Staubsauger; die Schüssel so sauber ausgeleckt, als wäre sie direkt aus dem Geschirrspüler gekommen. Er war spinnefeind mit jeder Art von Katzen und wahrscheinlich auch mit anderen Tieren. Vielleicht hatte er schlechte Erfahrungen gemacht. Ist ja auch kein Wunder, wenn man bedenkt, wie unterschiedlich unsere gegenseitigen Signale sind. Schon allein das wedeln mit dem Schwanz hat unterschiedliche Aussagen. Während der Hund damit Freude ausdrückt, auf eine

Katze zu rennt und sich dann mit der Kralle eine einfängt, drücken wir damit aus: "Bleib uns bloß vom Fell weg". Genauso wenn der Hund seine Ohren anlegt und damit seine Unterwürfigkeit ausdrückt. Wir legen die Ohren an, wenn wir uns in einer Angriffshaltung befinden. Nun ja, zu mindestens war diese Nahrungsquelle versiegt.

Auch bei den Igeln fand ich nichts mehr zu futtern. Sie befanden sich in einem ausgedehnten Winterschlaf. Ihre Lebensbedingungen zu dieser Jahreszeit sind sehr schlecht, da sie über keinen wärmenden Pelz verfügten und auch nicht genügend Insekten zur Nahrung fanden. So schliefen sie den ganzen Winter über und zerrten auch von ihren Fettreserven, die sie sich im Sommer und Herbst angefressen hatten.

Ebenso waren keine Wanderer mehr unterwegs, die die beeindruckende Aussicht auf die Winterwelt genießen könnten und eine Verschnaufpause auf der Bank einlegten. Auch Schulkinder waren keine mehr unterwegs. Sie gingen bei diesen Wetterverhältnissen lieber den Hauptweg, der vom Schnee beseitigt und gestreut war. Nur ganz selten sah man Menschen, die mit langen Stöcken durch den feinen Pulverschnee marschierten und die angenehme Stille und glasklare, saubere Luft einatmeten. Demzufolge blieb auch der Abfalleimer leer.

Selbst Mäuse sind ganz selten anzutreffen. Sie sind relativ kälteempfindlich, bleiben deshalb meistens in ihren unterirdischen Bau und ernährten sich von ihren Vorräten.

Ich versuchte es den Igeln nachzumachen, viel zu schlafen, nicht ans Essen zu denken und von meinen wenigen Fettreserven zu leben. Ab und zu schnupperte ich an dem, was die Kühe bekamen, fand auch mal eine Wurst oder ein Fisch, wenn der Bauer die Räucherkammer vergessen hatte zu schließen.

Ich war mal wieder unterwegs, als es anfing zu schneien. Kleine weiße Flocken fielen vom Himmel und boten eine Winterlandschaft mit leicht fallenden Schneekristallen. In null Komma nix entstand ein blütenweißes Paradies für Leute, die gerne Schneeballschlachten machten. Schützend saß ich unter einem Gebüsch, sah zu wie der Schnee leise und fast schwerelos zur Erde fiel.

Als ich meinen Kopf hervor streckte, rieselte der Schnee auf mein Gesicht und wurde sofort von der warmen Ausstrahlung der Haut geschmolzen, verfing sich in meinem Fell und wurde langsam zu Wasser. Gierig leckte ich es von meinen Pfoten und es schmeckte so weich und angenehm.

Es war frostig, der Atem stieß kleine Dampfwolken aus Nase und Mund und meine Pfoten wurden kalt, von dem nass-kalten, gefrorenen Boden. Sogleich hörte es wieder auf zu schneien und wie eine schützende Decke glitzerte der Schnee auf den Wegen, Wiesen und Feldern.

Vorsichtig stampfte ich hinein in die weißen Eiskristalle, die sich fast bis zu meinem Bauch angehäuft hatten. Mit steifen Beinen schritt ich voran, schüttelte immer wieder den geschmolzenen Schnee von meinen Pfoten. Dann stand ich auf einer Anhöhe, einem Hügel und zugleich spürte ich unter der Schneedecke eine spiegelglatte Eisschicht, die mir den Boden unter meinen Füssen wegriss. Dabei knallte ich mit dem Hinterteil auf den schneebedeckten Boden und rutschte den Hügel herunter.

Hastig versuchte ich mich zu drehen, lies meine Krallen illustrativ in Erscheinung treten, um mein Rutschen abzubremsen, bevor ich in den direkt an dem Hügel entlang laufenden Bach hinein falle. Ich spürte wie meine Krallen sich in Schnee, Eis und Erdboden hineinbohrten, wie sie tiefe Furchen verursachten. Doch ganz schaffte ich es nicht, meine Rutschgeschwindigkeit zu drosseln und so landete ich doch noch mit dem Hinterteil in diesem eiskalten Gewässer.

Obwohl wir Katzen ganz gut fischen können und auch gerne Fische fressen, sind wir doch sehr wasserscheu.

Brrrrr, war das kalt. Ich schüttelte mir das überflüssige Wasser vom Fell, fing an mich zu putzen, mir das kalte Nass vom Körper zu lecken. Kälte durchzog sich meinem Körper und ich wollte schnellstens nach Hause, in den Kuhstall zu den Kühen auf mein Strohlager.

Zitternd stieg ich durch den hohen Schnee. Unter den Bäumen ist der Schnee schwarz gesprenkelt und an einer anderen Stelle von einem Wirrwarr dünner Spuren durchzogen. Ich war der Überzeugung, alleine unterwegs zu sein, doch weit gefehlt. Es sind noch andere unterwegs.

Es herrscht eine tiefe Stille über dem eingeschneiten Land. Selbst Vögel hört man ganz selten, nur vereinzelnd zwitschert einer vor sich hin. Ich ging meines Weges entlang, kam an ein Mauerwerk vorbei, das als Umzäunung eines Anwesens galt, auf dem sich noch verfallene Gebäudeteile befanden. Plötzlich hörte ich ein Geräusch und blieb erstarrt stehen. Unser Gehör ist um das Dreifache empfindlicher als die des Menschen, sodass wir zu jeder Tages- und Nachtzeit leckere Mäuse orten können, um uns zu sättigen.

Mit gespitzten Ohren und weit aufgerissenen Augen, schlich ich zur Kante dieses Mauerwerkes, um dem rückseitigen Getier vor die Augen zu treten. Doch als ich um die Ecke linste, schaute mich ein Vogel an, der mit dem Fliegen ein Problem hatte. Es war ein Hahn, der mit seinem riesigen roten Kamm, dem gigantischen Kehllappen, dem prächtigen Gefieder, den langen Schwanzfedern und den kräftigen Schnabel mir gegenüber stand.

»Goork-gock-gock-gock-gooooork,« meinte er, was wohl eher einer Drohung glich. Frei nach der Devise: Tu mir nichts, dann tu ich dir auch nichts.

»Du brauchst keine Angst zu haben,« miaute ich, in der Hoffnung er würde mich verstehen.

»Goork-gock-gock,« sagte wieder der Hahn, »du wärst nicht der erste, den ich mit meinen Schnabel in die Flucht schlage.«

»Ich will nur schnell nach Hause, mich trocknen. Bin ausversehen in den Bach gefallen, weil es so glatt war,« miaute ich in einem gemächlichen Ton dem Hahn entgegen.

»Oh du bist hinten ganz nass, du musst ja frieren. Komm ich zeig dir ein warmes Plätzchen, wo du dich trocknen kannst.«

Der Hahn lief los und ohne überhaupt ein Wort verstanden zu haben folgte ich ihm. Es war meine innere Stimme, die mir befahl zu folgen, die mir wohlmöglich die beste Lösung vorschlug. Schon oft hat sie mich gelenkt, mir geholfen, wenn ich beim Überlegen zu keiner Lösung kam.

Mit flatternden Flügeln bewegte sich der Hahn springend vorwärts, versuchte dabei über den Schnee zu laufen oder gar hinweg fliegen zu wollen. Er lief direkt auf das zerfallene Gebäude zu, das einst mal ein schönes Haus gewesen sein muss, bevor es der Vegetation überlassen wurde.

Der Geruch von verbranntem Holz, verbunden mit der kalten Tagesluft, zog durch das Unterholz und stieg mir schwer und unerbittlich in die Nase. Gleichzeitig nahm ich auch den gewissen Gestank von ölhaltigen Bodenbelägen, schadstoffbelasteten Müll und anderen Dingen wahr.

Der Hahn lief über ein Brett hinauf in ein Hochparterre. Ich folgte ihm und als ich ankam, sah ich einen alten Mann. Er trug eine leicht verdreckte Jeans und einen Mantel, dessen Nähte an den Taschen aufgerissen waren. An den Händen hatte er fingerlose Handschuhe aus Wolle. Seine buschigen Augenbrauen, seine Haare und sein voluminöser Bart hatten vor Jahren das letzte Mal einen Friseur gesehen. Er saß vor einer Wanne, in der immer wieder Flammen aufstiegen, blickte auf das Rost und rieb sich die Hände.

Etwas abseits in der Ecke eine Matratze mit ein paar Decken, davor ein Einkaufwagen eines Supermarktes, gefüllt mit diversen Gegenständen.

Als er den Hahn bemerkte, rief er:

»Hey, da bist du ja wieder und wen hast du denn da mitgebracht?«

Er kniete sich nieder, rieb seinen Daumen an den Zeigefinger und sprach:

»Na komm, lass dich streicheln.«

Ich näherte mich langsam dem Mann, ließ seine Hand über meinen Kopf streichen, über den Hals zum Rücken.

»Oh du bist ja hinten ganz feucht,« sprach er. »Komm leg dich hier auf die Decke, nahe dem Feuer, damit du trocken wirst und du dich nicht erkältest.«

Dabei legte er einen Überzug zusammen und klopfte mit der flachen Hand darauf. Ich ging hin, legte mich auf sie und spürte die

Wärme, die von der Wanne ausging. Dann holte er ein Stück Fleisch von dem Rost, pustete kräftig daran, um es ein wenig abzukühlen und legte es mir vor die Nase. Es bestand nur aus Knochen, Sehne und ein wenig Knorpel und hatte einen verkohlten Geschmack. Doch wenn man hungrig ist, isst man auch das, was man nicht mag. So zerbiss ich die Knochen und pulte mir das Innerste, das Mark heraus.

»Na hat es dir geschmeckt,« fragte mich der Mann und warf mir noch ein Stück geröstetes Brot zu. Mit der Pfote fing ich es auf, beschnupperte es von allen Seiten und biss vorsichtig hinein. Ich hatte noch nie Brot gegessen, bin schließlich ein Fleischfresser und kein Getreidefresser. Doch so schlecht schmeckte es wiederum nicht, wenn man die schwarzen Stellen unberücksichtigt lässt.

Wir Katzen wissen wie Wichtig die Hygiene ist und verwenden deshalb auch einen Großteil des Tages damit, unser Fell akribisch zu pflegen. So fing ich, mich ausgiebig und fanatisch zu putzen. Unsere Zungen sind mit winzigen kleinen Häkchen bedeckt, mit sogenannten Papillen. Damit können wir sogar lebende, sich wehrende Beute festhalten. Beim Putzen feuchten wir sie immer ein bisschen an, säubern unser Fell damit und streichen es dann glatt. Bei dieser Art der Rundum-Reinigung lassen wir keine Stelle aus und wo wir nicht hinkommen, nehmen wir abwechselnd eine Pfote nach der anderen, befeuchten diese und streichen dann über die schwer erreichbaren Stellen. Als ich mich sauber und frisch fühlte, dachte ich mir:

»Eigentlich könnte das mein neues Zuhause werden. Hier habe ich es warm und einen Schlafplatz habe ich auch. Sogar einen Spielkameraden hätte ich, ein Hahn. Auch wenn ich ihn nicht verstehe, so könnten wir beide Freunde werden.«

Ich ging auf den Hahn zu und wollte mich bedanken, in dem ich mich einfach an ihn schmiege, doch er fing an zu gackern:

»Gooorck, ich hab dir vorhin schon gesagt, komm mir nicht zu nahe, sonst kriegst du mein Schnabel zu spüren.«

Dabei ging er zur Seite und schaute mich misstrauisch an.

»Ich will dir nichts tun,« miaute ich.

Doch der Hahn ging mit wackelndem Kopf weiter. Ich setze mich und beobachtete ihn, wie er immer wieder zum Fußboden schaute und ab und zu ein kleines Steinchen aufpickte.

»Na mein kleiner,« sprach der Mann zu mir, »will Fridolin nicht mir dir spielen?«

Der Hahn heißt also Fridolin. Ich hab noch keinen Namen. Der Mann von der Bank hatte mich damals Katze genannt, vielleicht ist das ja mein Name, Hm.

»Wenn du Müde bist, kannst du auf der Decke schlafen, die ich dir da hingelegt habe.«

Er scheint auch ein netter Mensch zu sein, gab mir zu fressen, spricht mit mir und hat sogar eine Bettchen für mich gemacht. Nur sein Blick gefällt mir nicht, der ist so kalt wie der Bach, in dem ich hinein gefallen bin.

Ich verbrachte die Nacht in diesem verfallenen Gebäude und war eigentlich guter Zuversicht. Warm war es noch von dem Feuer, als ich behutsam einschlief.

9. Ich sah Federn und es war aus mit der Freundschaft

Es war früh am Morgen, als der Hahn anfing den Tag zu begrüßen. Kraftvoll hörte ich sein Kikeriki. Er will damit andeuten, dass das hier sein Revier sei und er es notfalls bis zum bitteren Ende verteidigen würde. Oft hört man ein Wettkrähen, wenn ein entfernter Hahn darauf antwortet. Doch hier schien kein weiterer in hörbarer Nähe zu sein.

Verschlafen stand ich auf, reckte und streckte ich mich nach allen Seiten. Eine Dehnübung um meine während der Erholungsphase eingeschlafenen Muskeln zu wecken. Danach ging ich zu einem Durchbruch, der auf eine großzügige Ebene hinaus führte. Ein Balkon, dessen Brüstungen entfernt wurden. Es hatte heute Nacht wieder geschneit. Die ganze Gegend war vom Schnee weiß gepudert und glich einer pockenartigen Landschaft, wie die Haut einer Erdkröte.

Vorsichtig schaute ich hinunter und erschrak. Alles schien auf einmal so groß und weit und verschaffte mir zugleich abgrundtiefe Eindrücke in den schneebedeckten verwilderten tiefliegenden Garten. Es war wie eine Bedrohung, als wenn man ungesichert vor einem Hang steht und ins unendliche schaut. Ein Sturz aus dieser Höhe könnte nur von einem der dahinvegetierenden weiß eingestäubten Büsche abgefedert werden.

Wieder hörte ich den Hahn krähen, der das Ende der dämonenerfüllten Nacht angekündigt hatte. Sofort schaute ich in die Richtung und sah frische Spuren im Schnee. Durch die Federn an den Füßen sind die Umrisse der Tritte im Schnee unscharf und sehen breit aus. Doch mit salomonischer Weisheit kann man diesen typischen Krähenfuß, mit drei nach vorne gerichteten Zehen und einen vierten nach hinten, erkennen.

Ich lief runter um mit ihm zu spielen, hopste durch den hohen Schnee und fand ihn dann auch unter einem Gebüsch.

»Mau, also Guten Morgen,« maute ich zu ihm und ging auf ihn zu.

»Gooooorck, tuk, tuk, tuk,« antwortete er, doch unsere sprachlichen Möglichkeiten sind verschieden.

»Miau, wollen wir ein bisschen kriegen spielen oder die Gegend erkunden,« fragte ich, worauf er lautstark anfing zu krähen:

»Ki-ke-ri-ki, ki-ke-ri-ki.«

Ich glaub er sucht seine Hühner. Hähne leben meistens in einem Harem und seine

Aufgabe ist es unter anderem, seine Hühner zu bewachen, sie zu beschützen; sie vor Raubvögel zu warnen, indem er einen Schrei ausstößt, damit die Hühner fluchtartig in Deckung gehen können. Doch weder Vögel noch Hennen waren hier zu sehen. Ich glaube er ist auch allein, hat nur den alten Mann, sonst keinen. Aber nun bin ich da.

»Mit mir kannst du Pferde stehlen, durch dick und dünn gehen, bedingungslos vertrauen und auch mal was Außergewöhnliches machen,« maute ich ihn an. »Ich tu dir nichts, du bist doch mein Freund.«

Dabei kam ich ihm ganz langsam näher, worauf er anfing zu schreien:

»Goork-gock-gock-gock-gooooork.« und versuchte mit seinen Schnabel nach mir zu schnappen.

»Ey, ich will dir nix tun, ich bin doch dein Freund,« maute ich ihn an. »Du bist allein und ich bin allein und allein sein ist doof. Wir könnten uns doch zusammen tun, gemeinsam was machen, auf die Jagd gehen, herum toben und neues entdecken. Komm lass uns um die Wette rennen.«

Ich erhob meine Pfote um ihn anzustubsen, woraufhin er wieder anfing, mit seinen Schnabel nach mir zu schnappen und sein:

»Goork-gock-gock-gock-gooooork,« von sich gab.

Ich glaub er traut mir noch nicht so und so ließ ich ihn erst mal allein und ging meinen eigenen Weg. Vielleicht ist er lieber alleine, hat zwar keine Probleme mit dem Kontakt zu anderen Tieren, bleibt aber lieber unter sich. Für mich ist das nichts. Ich hätte gern jemanden, den ich immer wieder besuchen kann, der fühlt und mich versteht.

Ich schlich durch den Schnee, der kühlend an meinem Bauch strich und ihn zur Erkaltung brachte. Mir wurde kalt und so marschierte ich zurück in Richtung Gebäude. Kurz davor rutschte von dem Ast einer Tanne eine dicke Schneeladung herunter und landete direkt auf meinen Kopf. Erschrocken schüttelte ich mich und rannte los, sprang durch den hohen Schnee, der mich immer wieder begrub. Im Gebäude angekommen legte ich mich erst mal trocken, ging dann zu dem alten Mann und seiner Feuerstelle, in der Hoffnung, was Fressbares zu erhalten. Doch die Feuerstelle war aus und der Mann nicht da.

Hungrig ging ich zu dem Durchbruch, schaute hinaus in die Welt. In weiter Ferne sah ich Spaziergänger, die durch die winterliche Landschaft streiften. Auf der anderen Seite ein Rudel mit Rehen. Mittendrin der Bock mit einem kurzem

Geweih. Sie haben ihre Ohren nach vorne gedreht und sahen hinüber.

Ein Hund läuft auf sie zu. Wild tobte er durch den Schnee und ließ die weiße Pracht bei jedem Sprung auftürmen. Sein Herrchen pfiff, rieft, schrie sogar, doch der Hund trotzte dem und lief weiter.

Die Rehe bemerkten die Gefahr, die auf sie zukam und setzten zum Galopp an. Dabei stießen sie sich mit steifen Beinen immer wieder vom Boden ab, wie das Prellspringen bei einer Antilope. Doch bevor der Hund überhaupt annähernd ihre Fußstapfen erreicht hat, waren sie im angrenzenden Wald verschwunden.

Ich machte mich auf den Weg, um hinter Futter herzujagen. Es ist zwar nicht so einfach, unter einer Schneebedeckten Schicht etwas zu orten, doch unsere Nase ist so fein, dass wir schon unter dem Schnee einige frische Markierungen anderer Tiere riechen können.

So verfolge ich die Spur eines Feldhasen, die sich über eine langegestreckte Weide bis in den Wald hinein zog. Im Schnee kam er nur langsam vorwärts, hoppelte in seinem typischen Hasensprung. Tief sind seine Hinterläufe eingesunken und eng beieinander lagen seine Abdrücke. Im Wald hat er sicherlich einen geeigneten und schützenden Unterschlupf gefunden.

Hier stand ich nun in einer von hohen Bäumen umgebenen Landschaft. Einige waren angeknabbert, wo Stücke der Rinde fehlten. Es ist das Wild, dass die Rinde von den Bäumen abbeißt, weil sie im Winter zu wenig zum fressen finden.

Dann eine aufgewühlte Stelle im Schnee. Eine Suhlstelle für Wildschweine zur speziellen Körperpflege, denn Matsch ist gut gegen Zecken, Läuse und Mückensticken.

Am Fuß eines Baumes ist der Schnee zerwühlt und kleine Holzspäne liegen umher. Auf den zweiten Blick sind auch Federabdrücke im Schnee zu erkennen, die auf einen größeren Vogel schließen lassen. Der Buntspecht hat hier gearbeitet und versucht im morschen Holz an Fressbares zu gelangen.

Sie alle finden was zu fressen, da die Natur uns niemals vergessen wird. Da eine fein ausgetretene Rille, die zu einem dunklen Loch im Schnee führte. Der Wanderweg einer Feldmaus, mit den Abdrücken ihrer Beine und den Schwanz. Ich hockte mich nieder und verhielt mich ruhig. Über mir sehe ich einen Turmfalken, der im Rüttelflug über der Weide stand und zielsicher auf die Beute wartete, auf meine

Beute. Doch ich werde schneller sein. Kurz darauf bahnte sich die Maus einen anderen Weg durch die Schneedecke, um an die Oberfläche zu kommen, welcher dicht neben dem vor mir liegenden Einstiegsloch war.

Gespannt lag ich da, jeder Muskel war angespannt, die Ohren windschnittig angelegt, den Kopf flach auf den Boden, bereit sofort zuzuschlagen, wenn sie sich offenbarte. Mühsam hatte sich die Feldmaus ihren Weg errungen, sich durch den harten Boden gequält um durch die Schneedecke an die Oberfläche zu gelangen.

Doch ihr Ausflug an die winterliche Sonne dauerte nur kurz. Kaum oben angekommen, sah sie mich und während ich mich zu einem Sprung vorbereitet, der eine geballte Ladung von fünf Kilo in Bewegungen setzten sollte, verschwand die Maus wieder im Erdreich.

Verblüfft stand ich da, schaute ihr hinterher, griff noch schnell in das Loch, doch vergebens, sie war einfach schneller. Auch der Falke bemerkte den Fehlgriff und verschwand langsam mit seinem immer größer kreisenden Schwebeflug.

Schwermütig trat ich den Heimweg an, dachte an den alten Mann, der vor seinen Ofen sitzt und sein Essen erwärmte. Wird er auch was für mich haben? Oder war das gestern nur eine Ausnahme?

Schon von weitem roch ich wieder den Duft von verbranntem Holz, von verkohlten Spanlatten, betonverschmierter Holzverschalung und von teergetränkten Jägerzäunen. So ein Feuer ist eine feine Sache. Man kann seine Pfoten wärmen und das Fell trocknen; es spendet Licht und man kann Essen damit warm machen.

»Miau,« rief ich als ich den Raum betrat. Es sollte so viel heißen wie: Hier bin ich!

»Ach da bist du ja wieder. Ich hatte schon gedacht, du hast mich verlassen,« sagte der alte Mann.

Ich ging weiter auf ihn zu und als ich um die Feuerstelle herumkam, erstarrte ich. Auf dem Boden lagen Federn, viele Federn. Es waren die Federn von Fridolin, dem Hahn, den ich heute Morgen noch meine Freundschaft angeboten hatte. Gleichzeitig warf mir der alte Mann einen etwas schwarz geratenen, abgebissenen Fleischknochen zu und sprach:

»Hier friss, aber pass auf es ist noch heiß.«

Ich schnupperte daran und stelle fest, es war tatsächlich Hühnerfleisch. Angst nahm von mir Besitz. Angst, dass er mit mir das gleiche machen wird. Langsam und vorsichtig wich ich zurück, wollte schnellstens weg hier. Er hat das einzige

Lebewesen, zu dem ich eine Freundschaftliche Beziehung aufbauen wollte, die im Laufe der Zeit speziell und besonderes geworden wäre, geschlachtet.

Aus mit Freundschaft, mit dem Gefühl jemanden zu haben mit dem man sich verbunden fühlt. Ich drehte mich um und lief fort, lief wahllos durch den Schnee, wollte einfach weg. Ich war beschämt, traurig und ich war wieder allein.

Ich versuchte tröstende Worte zu finden, Worte, die mir zeigen sollten, dass das vielleicht nur ein Traum war, ein böser Traum. Noch nie war mir ein anderes Tier so nah gewesen, ohne dass ich auch nur annähernd an Feindlichkeit gedacht hatte. Unsere Freundschaft brauchte noch Zeit, war kein einfaches Unterfangen, aber ich hatte ein positives Gefühl.

Irgendwann hielt ich an, wollte total den Gedanken an das was passiert war, verwerfen. Ich suchte nach einer geschützten Übernachtungsstelle, fand im Dickicht eine mit Zweigen abgedeckte Unterkunft. Hier schlief ich erst mal, um meine Gedanken neu zu sortieren.

Einige Tage später hatte ich den Vorfall vergessen und so verlief die nächste Zeit einigermaßen normal. Manchmal fand ich irgendwo was fressbares, schaute auch hin und wieder mal bei dem Hund mit dem großen Grundstück vorbei, doch dessen Fressnäpfe blieben leer.

Auch die Futterstelle der Igel besuchte ich regelmäßig. Als mal wieder Fressen in den Näpfen war, kam ich täglich, um den Anschein zu erwecken, die Igel wären aus dem Winterschlaf erwacht. So bekam ich unbekannterweise, regelmäßig meine Mahlzeit. Allerdings musste ich immer rechtzeitig da sein, denn auch andere Tiere hatten schnell diese Freigiebigkeit festgestellt.

10. Eines der schlimmsten Erlebnisse

Es gab auch Tage, wo es extrem kalt war, das die Eiszapfen silbrig von den Dachrinnen herunter wuchsen und die Bäume vom Schnee so weiß gepudert waren, dass sich die Äste stark zu Boden neigten. Kinder tobten im Schnee, fuhren Schlitten und bauten Schneemänner. Klirrend kalt war es und meine Pfoten wurden immer wieder steif. Frierend zog ich wieder mal von einer Futterstelle zu anderen, fand nur noch Nahrung in den Schalen der Igel, das noch nicht eingefroren war.

Die Fütterer hatten das Fressen auf einen Teller gefüllt, der einen doppelten Boden und eine große Öffnung am Rand hatte. In dieser Öffnung hatten sie warmes Wasser eingefüllt, wodurch das Fressen schön lange warm blieb.

Ich musste immer früher kommen, damit das Wasser nicht erkaltet und das Fressen gefriert. Vorsichtig schlich ich dann über die Terrasse, beobachtete dabei die Fensterfont, die vom Licht der Innenbeleuchtung hell erschien. Immer wieder lief drinnen jemand hin und her und ich bekam Angst entdeckt zu werden. Bestimmt würden sie mich verjagen, zumal das Futter nicht für mich bestimmt war. Doch ich hatte Glück, man konnte mich nicht sehen, da ich im Dunkeln war.

Es war eine Jahreszeit, wo es immer schwieriger wurde Mäuse, Vögel und anderes zu fangen. Sie alle verkochen sich lieber in ihren warmen Nestern und warteten auf das Frühjahr. Auch ich war lieber in meinem Kuhstall bei den Kühen um im schützenden Stroh zu schlafen. Doch der Hunger trieb mich immer wieder hinaus und so war ich froh, wenigstens eine Futterstelle gefunden zu haben, wie die der Igel hier.

Nach dem ausgiebigen Mahl ging ich wieder in Richtung meines Zuhauses, zu meinen Kühen, die mit ihrer Körpertemperatur den Stall ein wenig erwärmten. Unterwegs sah ich auf einem Grundstück einen Artgenossen durch den Schnee schreiten. Er trug eine Maus im Maul. Es war wohl die fetteste Maus, die ich je gesehen hatte und, sie lebte noch.

Eine Opferdarbietung, ein Beweis der Zuneigung für den Menschen, den man liebt. Die Terrassentür stand auf und ohne lange zu zögern, stolzierte er hinein.

Plötzlich hallte ein Freudengeschrei aus dem Haus, eine Begeisterung mit einem nervenzerreißenden Jubelausbruch und hysterischen Beifallsstürmen. Der Kater lief total irritiert und erschrocken auf die

Terrasse, blieb kurz stehen, schaute sich noch mal um und verkroch sich dann unter einem schneebedeckten Rhododendronbusch.

Es zeugt nicht von besonderer Intelligenz zu schreien, wenn ein Kater sich in den Geheimnissen der Rattenjagd auskennt und nach einem Beutezug ein noch lebendes Tier nach Hause bringt. Wichtig ist, dass man die Geste erkennt.

Am nächsten Morgen nahm ich mir vor, tiefer in die Siedlung vorzudringen, nach weiteren Futterquellen zu suchen. So schlich ich an Hecken und Mauern entlang, musste ständig aufpassen, nicht von dem Schneematsch getroffen zu werden, den die Fahrzeuge beim durchfahren exponentiell auftürmten.

Dann hörte ich weit hinter mir was kläffen. Ich drehte mich um und schon war es wieder ein Hund, der hechelnd auf mich zu gerannt kam. Da wir Katzen wendiger und gelenkiger sind, spitze Krallen haben die wir bei Bedarf ein- und ausfahren können, der Hund seine hingegen nur rund abläuft, ist für uns das erklimmen eines Baumes geradezu eine Leichtigkeit.

Bellend blieb der Hund vor dem Baumstamm stehen, schaute dabei zu mir raus und lies es sich gefallen, das ständig

Schnee in sein Gesicht fiel, wenn ich mich bewegte um von einem Ast zum anderen zu gelangen. Schließlich unendlich bemerkte er seine desolate Art und verschwand.

Sicherheitshalber blieb ich noch in dieser für einen Hund unerreichbaren Höhe, sprang von Ast zu Ast und dann passierte es. Der Ast brach, ich fiel runter und landete direkt vor einen bremsenden LKW. Die Stoßstange berührte mich noch leicht am Kopf und vernebelte meine Sinne.

Nun lag ich da auf der kalten Straße, blickte benommen unter dem Wagen hindurch und sah, wie ein PKW mit überhöhter Geschwindigkeit heran schoss. Seine Lampen blinkten, Schallsignale ertönten, doch seine Bremsen kreischten viel zu spät. Er riss sein Lenkrad herum und landete frontal gegen einen Baum.

Männer stiegen aus dem LKW, liefen zu dem PKW um den Mann aus dem Wagen zu helfen. Eine Frau kam auf mich zu, streichelte mich und sprach:

»Bist du verletzt?«

»Nein ich liege hier nur und ruh mich aus,« dachte ich mir.

Dann hörte ich die Sirenen eines Fahrzeuges, das sich näherte. Sein streunendes blaues Licht funkelte auf der

Fahrbahn. Männer in rot/weißer Bekleidung stürzen heraus und führten eine medizinische Erstversorgung durch.

Meine Benommenheit geht zurück und ich konnte wieder aufstehen. Plötzlich spüre ich einen Griff in meinem Nacken. So einen ähnlichen Griff hatte Mama immer angewandt, wenn sie uns als Katzenbabys von einer Stelle zur anderen Stelle getragen hatte. Doch dieser war kräftiger, rauer und fester und tat weh. Es war, als wenn jemand mit einem spitzen Gegenstand mich an meinem Fell hochzog und ich nun mit meinem ganzen Körpergewicht daran hänge. Es war ein Mann der mich hochhob, groß und kräftig gebaut.

Ich fing fürchterlich an zu fauchen, schlug mit allen Krallen um mich, versuchte mich aus der Bedrängnis zu befreien.

»Schnell den Transportkorb,« rief er einen anderen zu.

»Jo, bin schon da,« antwortete er.

»Nun mach schon das Ding auf oder soll ich mich erst von dem Tier zerkratzen lassen?«

»Ne, ich beeil mich ja schon, aber der Verschluss klemmt.«

Er kniete sich nieder und haute mit einem Stein den Holzdorn auf dem Überwurfschloss heraus, um die Gittertür zu öffnen. Dann stand er auf und hielt den Korb in meiner Richtung. Wieder fing ich an mich zu wehren, mit meinen Krallen um mich zuschlagen, zappelte und strampelte, wackelte und wippte hin und her.

»Halt den Korb still,« meinte der Mann der mich am Nacken festhielt.

»Ja dann musst du nicht immer hin und her wackeln.«

»Das bin nicht ich, das ist das Tier, du Dösbaddel.«

Ich gab noch nicht auf und in dem Moment, als er mich mit dem Kopf fast im Korb hatte, konnte ich mit meiner Kralle ihm einige schmerzhafte Kratzer auf dem Unterarm spüren lassen.

»Au, du dummes Biest rief er,« und lockerte dabei seinen Handgriff. Sofort haute ich noch mal zu und just in dem Moment löste sich der Griff für den Bruchteil einer Sekunde komplett und ich konnte mich befreien.

Mit offenen Armen liefen sie mir hinterher, wollten mich packen, doch ich sprang auf ein Auto, vom Auto auf das Dach eines Carports, dann in den angrenzenden Baum, dort von Ast zu Ast, sprang in einen Garten und lief hastig durch den Schnee, dann links in die Straße, immer geradeaus. Ich wollte schnellstens weg, weg von diesem schlimmen Erlebnis.

Irgendwann hielt ich inne, konnte nichts mehr hören, weder die Menschen, noch die Sirene, es war still äußerst still. Ich war in einer Nebenstraße gelandet, wo kaum noch Häuser standen. Vorsichtig, langsam und geräuschlos bewegte ich mich voran. Ich wollte nur noch nach Hause.

Ich habe in meinem kurzen Leben schon vieles gelernt, zum Beispiel Menschen zu täuschen, Fressen zu organisieren, Hindernisse zu überwinden und Hunde zu überlisten. Doch mich in einen Korb zu pferchen, blind und orientierungslos mich abzutransportieren und womöglich bis zum Erbrechen in der Gegend herum zu schaukeln, das ist mir bisher noch nicht passiert.

Geraume Weile später erreiche ich meine wahren Freunde, zwei Dutzend Milchkühe, die mich immer wieder allesamt mit "Muh" begrüßten. Leider sind sie zu groß, dass man nicht mit ihnen spielen oder auf die Jagd gehen kann, außerdem sich sie Herdentiere und bleiben lieber unter ihres gleichen.

Einmal am Tag kommt der Bauer und melkt sie. Die Milch wird dann von einem

Milchtransporter abgeholt und zu vielen Nahrungsmitteln weiterverarbeitet, zum Beispiel zu Butter, Käse oder Joghurt. Ein zwei Liter zapft der Bauer immer für sich selber ab. Dabei vergießt er immer einiges, ein Grund zur Freude für mich, denn Milch ist nahrhaft, erhält Vitamine und Kohlenhydrate.

Ermüdend legte ich mich in meine Heuecke, finde die Gelegenheit über den heutigen Tag nochmals nachzudenken. Schreckliche Bilder ziehen durch meinen Kopf. Ich sehe wie sie mich gefangen nahmen, mich in einen Käfig sperrten und wie ich abtransportiert wurde. Doch meine Willenskraft war stärker und ich konnte mich befreien. Wohin hätten sie mich gebracht und warum?

Ich verwarf den Gedanken, um Sorgen und Ängste loszuwerden; um mich auf das pure Sein zu konzentrieren, um mich innerlich von meinen um mich kreisenden Geistesgütern zu entspannen und so schlief ich dann auch ein.

Die nächsten Tage verliefen weniger aufregend und so überstand ich den Winter einigermaßen gut.

Der Schnee ist längst geschmolzen und die ersten Sonnenstrahlen ließen die Temperaturen angenehmer und die Tage länger werden. Es war die Zeit, wo man wieder unter freie Himmel schlief, an sonnigen Plätzen Energie auftankte und sich an warmen Steinen schubbern konnte.

11. Eine Katzendame, um auf die Knie zu fallen

Das Frühjahr ist schon voll im Gange und fühlte sich schon fast wie Sommer an. Die warmen Tage und das frische Gras erfreuten viele und luden in luftiger Bekleidung zu Spaziergängen ein. Auch Wanderer waren wieder unterwegs und verweilten zwischendurch auf meiner Bank. Selbst die Schulkinder nahmen wieder die Abkürzung über diesen Feldweg und ließen beim vorbeigehen ihre Pausenbrote wieder im Abfalleimer verschwinden.

Der sandig-lehmige und humusreiche Boden erwärmte sich schnell und man sah Bauern, die bereits bei Tagesanbruch ihre Felder bestellen. Bienen fingen an zu schwärmen und Blumen an zu blühen.

Eine Akelei in violett hatte sich neben der Bank breit gemacht und neben ihr ganz vorsichtig der Mohn in seiner leuchtend roten Farbe. Auch die Gemüsepflanzen fingen an, mit ihrem Wachstum zu beginnen. Ein paar Zentimeter hatten sie schon geschafft, doch sieht es so aus, dass die Schnecken sie schneller abgefressen hatten, als sie bei diesen Temperaturen wachsen konnten.

Als freilaufende Katze begegnete ich der Natur mit den mannigfaltigsten Sinnen, mit dem Sehen, dem Fühlen, dem Riechen, Hören und dem Schmecken. Ich genoss den angenehmen Duft des Frühlings, der mit seiner Frische die Erde in eine wundervolle Welt verwandelte.

Die Sonne fängt an mit ihren Sonnenstrahlen zu wärmen, die Tage werden länger und das winterliche Grau wird durch ein sattes Grün verdrängt. Mit erhobenen Schwanz und schnüffelnder Nase, war ich mal wieder unterwegs auf Nahrungssuche. Ich war weit gegangen, kam an einen exotischen Bauernhof vorbei und blieb stehen.

Es war ein Dreiseitenhof, der wie ein Atrium gebaut wurde mit nur einer Zufahrt. An der Seite eine Scheune, die am Giebel über einen Balken mit einer Umlenkrolle verfügte, um Warenvorräte für die Tiere in die oberen Räumen zu transportieren. Vor der Scheune ein Haufen aus Stroh und Heu, verursacht durch das herabwerfen von den Ballen.

Mitten auf dem Haufen eine Katze, überwiegend weiß mit Abzeichen in schwarz und braun. Sie hatte schlanke lange Hinterpfoten, die bis zum Boden reichten und ein extrem kurzes Fell. Der Kopf rundlich, die Ohren anschmiegsam, die Nase stupsartig, der Schwanz zierlich, schmal und lang.

Ein hübsches Wesen und schon bemerkte ich etwas, was ich bisher nicht kannte. Es kribbelte in meinem Bauch. Ich stellte mich zu Seite, schaute verlegen um den Mauervorsprung herum und sah, wie die kleine Katzendame mit einem getrockneten Grashalm spielte.

Sie sah wunderschön aus, dachte ich mir und schubberte gleichzeitig mit leicht geneigtem Kopf an der Kante der Mauer entlang. Wie ein junges Fohlen warf sie ihren Kopf in den Nacken, bog ihren Rücken weit durch und ließ den Schwanz wild hin und her peitschen. Ich war fasziniert von dieser Eleganz wie sie sich bewegte, wie sie sich auf diesen wehrlosen Halm stürzte und immer wieder in ihn hinein biss.

Ach was würde er dafür geben in diesem Moment einer dieser Halme zu sein, sie wild wedelnd vor sich zu sehen, sich reizen und zu ihrem Werkzeug machen zu lassen.

Plötzlich überkam mich ein Putzanfall, fühlte mich dreckig, nicht ansehnlich genug ihr gegenüberzutreten. Ausgiebig und hektisch feuchtete ich meine Pfote an, strich über Kopf, Hals und Gesicht, leckte mit den Rücken sauber und striegelte mit der Zunge mein Fell. Dann schaute ich wieder um die Ecke.

Die kleine Katzendame war noch da. Sie

schmiss sich auf den Rücken, nahm mit allen vier Pfoten den Halm und kaute darauf, bis er weich und nass von ihrem Sabber war. Dann fiel er ihr aus der Hand und schlagartig sprang sie auf, um nach diesen Stiel zu suchen.

Springend bewegte sie sich hin und her, schnuppernd nach ihrem Spielzeug. Dabei wurden ihre Bewegungen unkontrollierter, sie verlor das Gleichgewicht und fiel auf die Seite.

Ich fühlte meine Chance war gekommen, meine Leidenschaft und Begeisterung war bereit, jetzt oder nie. Dies konnte der Beginn eines neuen Lebens werden, mit einer positiven Veränderung. Sie lag immer noch auf der Seite, war wehrlos und allein.

Mit einem Satz sprang ich hervor und mit einem Buckel der mich größer wirken ließ, um sie damit beträchtlich zu beeindrucken, galoppierte auf steifen Beinen mit seitlich versetztem Körper an ihr vorbei.

Wow, sie sah von dichten noch schöner aus, hatte tolle Augen, einen kessen Augenaufschlag und eine süße Nasenspitze. Ihre Wimpern war kunstvoll geschwunden und ihre Vibrissen schneeweiß und weich. Sie sah mich an und dieser Blick lies um mich alles unwichtig werden.

Unsicher machte sich die Katze klein,

vergrub ihre Beine unter dem Körper und legte den Schwanz eng an. Zusammengekauert lag sie da im Heu, um notfalls sich sofort auf den Rücken zu drehen und den Gegner mit Krallen und Zähen abwehren zu können.

Dabei fing sie leicht an zu knurren, legte die Ohren eng an und verfolgte mit scharfen Blicken meine enthusiastischen Bewegungen.

Als ich mich ihr nähern wollte, fauchte sie mich doch kurz und energisch an, worauf ich ein wenig zurückschreckte und miaute:

»Grrrrr, du machst mich ganz wild mit deinem Gezeter.«

Immer wieder stolzierte ich wie ein seitwärts laufender Krebs an ihr vorbei, wollte ihr doch Avancen machen, mein weiteres Leben mit ihr teilen, ihr die Geschichte von den Bienen und Blumen erklären und von dem Klapperstorch, der ahnungslosen Geschöpfen Nachwuchs ins Nest legt.

Ich versuchte sie mit meiner Anwesenheit zu hypnotisieren, sie willenslos zu machen, sie anzuregen, zu fesseln und zu reizen, sie Ohnmächtig vor meine Füße fallen zu lassen, sie aufzunehmen und nach Hause zu tragen. Doch ich hatte kein Zuhause mehr, war eine Katze, die auf der Straße lebte, die auf Platte ist oder schiebt.

Dennoch war ich von ihrer Anmut angezogen, von diesem zierlichen Schönheitsideal. Nicht die Schönheit an sich entscheidet wen wir anmutig finden, sondern der Anmut entscheidet wen wir schön finden. Ich konnte mir im Moment auch keinen schöneren Platz vorstellen, als diesen hier.

Es ist wie der Flirt in einer Sommerfrische, der selbst den Asphalt auf der Autobahn zum Schmelzen bringen würde; wie das Eis, das der Kenner auf der Zunge zergehen lässt, wo es dann seinen vollen würzigen Geschmack entfaltet oder wie ein Käsesandwich, dass sie mit nur einem Blick auf hundert Meter Entfernung zum Zerfließen bringen konnte. Der Mut zur Selbstsicherheit ist gekommen und gleichzeitig ist die Angst vor dem Scheitern verschwunden.

Während ich weiter um die Gunst dieser zauberhaften Katzendame warb, kreisten Gedanken in meinen Kopf, wie wir zusammen über die Felder rannten, uns hinter Kuhfladen versteckten und unseren Vorratsschrank, den Abfalleimer, plünderten.

»Komm her,« miaute ich, »lass uns ein Liebespaar werden,« worauf sie nur genervt fauchend antwortete:

»Hau ab du geiler Bock, ich hab ein Freund!«

»Erzähl nicht so was, das glaubt dir doch keiner.«

»Du wirst es sehen, er kommt nämlich gleich.«

»Wer das glaubt wird selig. Wer lässt schon ein so hübsches Katzenmädchen alleine, der muss doch bescheuert sein.«

»Na dann schau dich mal um.«

»Ha-Ha, auf die blöden Tricks falle ich nicht rein,« miaute ich woraufhin gleichzeitig das Fauchen eines hinter mir stehenden Katers zu hören war.

Entgeistert drehte ich mich langsam um und sah in die Augen einer Gestalt, die allein durch die Größe der Erscheinung mir Angst und Bange eintrichterte. Es war ein besonders riesiger Kater, kräftig gebaut mit verfilztem Fell und einer enormen Erhebung auf dem Rücken.

»Was willst du von meiner Freundin,« miaute er mir entgegen.

Wie festgemauert stand ich da, wusste nicht was ich sagen sollte, konnte mir nicht vorstellen, dass das kleine Katzenwesen zu diesem exorbitanten Wesen gehörte.

Ich war am überlegen, was ich machen sollte, mich in einem Kampf einlassen, nur um ihr zu imponieren? Doch was nützt es mir von den Massen dieses Ungetüms erdrückt zu werden. Mit meinem einzigartigen, unverkennbaren, hemmungslosen, brutalen und beeindruckenden Killerblick versuchte ich ihm Furcht einzujagen, doch er blieb standhaft und kam mit äußerst bedächtigen Schritten auf mich zu. Verzweifelt schaute ich zu der hübschen kleinen Katzendame hin, die immer noch flach im Heu lag und ihre Augen von einem Kater zum anderen wandern ließ.

Ist es der Wankelmut, die Verlegenheit oder die Unschlüssigkeit, dass sie von einem zum anderen schaut. Ist sie dabei den Unterschied abzuwägen zwischen einem angebissenen Brötchen frisch aus dem Abfalleimer, dazu ein Schluck aus einer mit Brackwasser gefüllten Pfütze und einem Fressnapf gefüllt mit Lamm und Rind mit Naturreis und Weizenkeimöl, dazu frische Milch direkt aus dem Euter einer Kuh; zwischen einem stinknormal und spießbürgerlichen dahin vegetierenden und einem sündigen, hedonistischem Leben?

Ich legte meine Ohren an, fing laut an zu Fauchen und war bereit, ihr die Entscheidung abzunehmen.

»Was willst du,« fauchte mich das Riesentier weiter an. »Du hast jetzt noch die Gelegenheit zu verschwinden, anderseits werde ich dich in Stücke reißen und den Hunden zum Fraße vorwerfen.«

Ich spürte Panik in mir hochsteigen und merkte, dass der Anblick dieser Körper-Masse sich negativ auf mein Verhalten auswirkt. Mein Herzschlag wurde schneller und ich war kurz davor, meinen Vorsatz aufzugeben, keine Angst zu zeigen. So nahm ich mir vor, um sie zu kämpfen und sagte:

»Gib nicht so an, du prähistorisches Säugetier.«

Der Kater verzog sein Gesicht und wendete die Technik der Gewalt an. Doch bevor es zu einem schmerzhaften Treffer kam, wendete ich mich zur Seite, merkte aber nicht, wie wendig er war und mir in meiner Drehung gegen mein Bein schlug.

Ich schluckte und spürte den Schmerz. Meine Gedanken daran, den Gegner nun doch unterschätzt zu haben, ergriff tiefe Panik von mir. Auch wenn die Drohung bei mir Wirkung zeigte, so hoffte ich auf die Unterstützung der vierbeinigen Schönheit und betete, dass ihr doch noch was an mir liegen würde und sie den Kampf für beendet erklärt.

Nach einigen Sekunden der Panik, in denen mein zukünftiges, hoffentlich nicht so stattfindendes Leben an meinen Augen vorbei zog, habe ich meinen Kampfgeist wiedergefunden und schlage zurück. Doch bevor meine Pfote in seinem Fell landete, bekam ich einen mächtigen Stoß auf den Rücken.

Ich spüre wie ich falle. Normalerweise verfügen wir über einen Reflex, der uns immer wieder auf die Füße fallen lässt, doch die Höhe reichte dafür nicht aus und ich schlug mit dem Knie auf dem harten Boden auf.

»Autsch,« miaute ich laut, das tat weh und fing an, an meinem Knie zu lecken.

Während ich noch am Boden verweilte und versuchte mich aufzuraffen, kam mir die Erkenntnis, dass es nicht mehr schlimmer kommen könnte. Ich müsste mehr Tempo machen, ihn immer wieder Ausweichen, ihn zu Gelenk- und Muskelschmerzen führen, seinen Körper überfordern, ihn einfach Müde werden lassen. Doch ein, zwei, drei so harte Treffer wie eben und ich würde den Tag nicht mehr überleben. Ich entschied mich anders, als ich sah, wie der Hüne von Kater auf mich zu gerannt kam. Schnell stand auf, sah nochmals kurz zu der Kleinen und machte mich mit einem trotzigen Gesichtsausdruck davon.

Ich lief so schnell ich konnte und wusste, dass er mit seinem schweren Gewicht mich nicht so schnell einholen könnte. Irgendwann verlangsamte ich mein Tempo, schaute bedächtig um mich, sah keinen Verfolger und ging weiter.

12. Meine innere Stimme meldete sich

Mein Weg führte wieder zur Bank, wo ich schon mal einen Freund gefunden hatte und ihn gleich wieder verlor. Ich spürte eine Enttäuschung in mir, ein Enttäuschung über das Ergebnis einer anderen Erwartung. Die Sache mit der hübschen Katze ist nicht so gelaufen, wie ich es gewollt hätte. Es ist bedauerlich und auch ein wenig schmerzlich.

Ich bin traurig, fühle mich unverstanden, abgelehnt, missverstanden, gekränkt, verärgert, hilflos; unzufrieden mit mir selbst; unzufrieden mit der Situation; mit dem Schicksal; habe einen Druck im Magen und bin angespannt.

Dabei hatte sie mich doch angelächelt, oder? Und dieser verstohlene Blick, den sie mir zugeworfen hatte? Ich dachte, ich würde sie interessieren.

Nun ich hatte bisher noch keine Freundin gehabt, hatte mich auch noch nicht für ein Katzenmädchen interessiert. Wahrscheinlich bin ich noch total unerfahren und naiv, wenn es um hübsche Katzenmädchen geht. Trotzdem fühle ich mich total enttäuscht, niedergeschlagen, habe auf nichts mehr Lust und weiß auch nicht mehr, was ich tun soll.

Ich kroch unter die Bank ins weiche Gras,

legte mich auf den Rücken und schaute seitlich zum Himmel. Weiße Wolken ziehen langsam am blauen Himmel entlang. Ihre Formen und ihre leichte Bewegungen faszinieren mich. Sie sind friedlich und still. Einige von Ihnen bewegten sich aufeinander zu und verschmolzen miteinander, andere wurden immer kleiner, lösten sich förmlich auf und waren nicht mehr da. Ich war benommen von den Wolken die fliegen können, die sich vogelfrei durch die Luft bewegten.

Ein Greifvogel erblickte ich, der wie festgeklebt mühelos am Himmel stand und Ausschau nach was essbaren hielt. Meistens sitzen sie auf Zaunpfähle, Stromleitungsmasten oder am Rand von Autobahnen und lauern auf Beute.

Dabei musste ich immer wieder an diese kleine zierliche Katzendame denken, wie sie mit dem Halm kämpfe, in ihn hinein biss, hoch warf und durch ein blitzschnelles Agieren mit einem finalen Schlag ins Abseits drängte; wie sie immer hibbeliger und bewegungssüchtiger wurde, sich auf den Halm stürzte, ihn zerriss und ihn bezwingen wollte.

Ich schloss die Augen, sah ihren fantastischen, schlanken Körper, wie er durch ihre anmutige Bewegung besonders zur Geltung kam, wie sie außergewöhnliche

Techniken entwickelte und lebensgefährliche Stunts entfaltete, um diesen Halm zu überwältigen.

Zierlich wie sie war, warf sie sich ihrem spielerischen Gegner entgegen, schmiss sich flach auf ihn, sodass ein Entkommen unmöglich war. Den Kopf hatte sie aufrecht zwischen den Pfoten, die Ohren windschnittig angelegt, Augen oval verengt und ihr Blick, starr nach vorne gerichtet.

Ach wie gern wär ich der Halm gewesen, der unterwürfig unter ihr lag, den sie hypnotisierend anstarrte und ihre Bereitwilligkeit damit demonstrierte; wie gern wäre ich derjenige, der sie in die Wirklichkeit der Jagd einweisen würde, der ihr die Tricks und Kniffe zeigt, wie man sich anpirscht und wie man die Schwachpunkte des Feindes richtig anvisiert.

Immer noch sehe ich sie vor mir, wie sie leicht mit dem Schwanz wedelte, wie sie mit ihm zuckte, sich aber nicht bewegte. Wahrscheinlich war es eine Unentschlossenheit die sich bei ihr breit machte, zu überlegen, sich sofort auf den Feind zu stürzen oder lieber noch zu warten, zu flüchten oder abzuhauen. Weichei zu sein oder Idealist, Muttersöhnchen oder Haudegen.

Ich sah ihren Blick, wie versessen er mich

traf, wie er ein Kribbeln im Bauch verursachte, dass mir schon fast schwindelig wurde; sah in ihre gelben Augen mit den schwarzen schlitzförmigen Pupillen, die mich dahin schmelzen ließen. Leider war es nur für Sekunden. Eine undankbare Erscheinung, die dafür sorgte, dass die Gegenwart zur Vergangenheit wird. Man kann sie nicht sehen, nicht hören, nicht fühlen oder schmecken und doch ist sie da, die Zeit und das überall.

Oh, Kater, was war sie doch für ein tolles Geschöpf, wie aufreizend es doch war, wie sie nervös mit ihrem Hinterteil hin und her kokettierte, wie ihr fesselnder Blick das Objekt avisierte über die Drei-Punkte-Sichtachse, Auge – Nase – Ziel.

Dann hob das kleine Katzenmädchen ihr Hinterteil leicht an, machte die Augen angsteinflößend groß, den Blick delinquent und mit einem gekonnten Absprung hob sie ab. Majestätisch flog sie durch die Luft, die Pfoten waagerecht, den Körper leicht gebeugt. Kurz vor dem Halm setzte sie wieder auf, bremste kurz und mit einer bogenförmigen Bewegung der rechten Pfote schlug sie ihn in die Luft. Sie blickte hinterher, wie er fast schwerelos schwebte und während seiner Flugphase eine aerodynamische günstige Lage einnahm und direkt vor ihren Pfoten landete. Sofort warf sie sich mit dem ganzen Körper auf den Stängel, der jetzt eigentlich wimmernd um Gnade winseln müsste.

Plötzlich hörte ich, wie meine innere Stimme sich meldete, wie meine innere Führung zu mir sprach:

»Woher willst du denn wissen, dass die Katze überhaupt zu dir passen könnte. Oder wieso pflegt du den Gedanken, dass sie sich ernsthaft für dich interessieren würde.«

»Na sie hatte mich doch angelächelt.«

»Angelächelt? Du meinst angefaucht!«

»Das meinte sie doch nicht so. Das war mehr oder weniger nur ein Test, um zu sehen ob ich es wirklich ernst meinte. Ich kenn das von meinen Geschwistern her, die zicken auch immer erst herum.«

»Hattest du denn überhaupt schon einmal mit ihr miaut, also mit ihr gesprochen?«

»Noch nicht so richtig, ich kam ja gar nicht dazu. Da kam doch gleich dieser Fettsackkater, der sich als König der Welt präsentierte und der Meinung ist, dass man alle anderen als Fußabtreter benutzen müsste.«

»Ja meinst du nicht, dass es ihr Freund ist?«

»Niemals! Der würde ganz gerne wollen,

wenn er könnte. Aber noch leidet sie nicht an Geschmackverirrung.«

»Woher willst du das wissen? Wo die Liebe hinfällt, lässt sich bekanntlich nur selten beeinflussen. Vielleicht hat sie individuelle Erwartungen an ihre Beziehung zu dem Kater, vielleicht beruhen diese auf dem Glücksrezept aus gemeinsamen Werten, Vorstellungen und Träumen.«

»Quatsch, schau sie dir doch Mal an. Mit was will er ihr imponieren?«

»Und was hast du gemacht, um sie zu imponieren?«

»Na ich habe mich von meiner besten Seite gezeigt.«

»Von deiner besten Seite? Wie eine epileptische Forelle an der Angel hast du um sie herum gezappelt. Meinst du, dass dir mit so einer Vorstellung ein Katzenmädchen in den Schoß fällt wie ein reifer Apfel vom Baum? Wenn das Objekt deiner Begierde keine Anstrengungen deinerseits spürt, wenn sie nur dein herum gehopse sieht, als wenn du gerade einem karnevalistischen Versteck entflohen bist, dann ist es zu wenig.«

»Zu wenig?«

»Ja zu wenig!«

Meine innere Stimme will immer alles besser wissen, nervt mich total mit seiner negativen Weltanschauung: "Das schaffst du nicht!", "Das ist eine Nummer zu groß für dich!", "Pass bloß auf!" In diesem einzigartigen Gefühlsmix aus Freude und Unsicherheit, lass ich mich immer wieder von meiner inneren Stimme beeinflussen.

Ich war betrübt und enttäuscht zugleich. Meine Schwärmerei blieb unerwidert und meine innere Stimme fällt mir auch in den Rücken.

Kleine schwarze Wolken zogen am meinem tiefblauen Gefühlhimmel entlang und ich könnte meinen ganzen Frust irgendjemand unkontrolliert ins Gesicht schleudern.

Habe ich mich wirklich wie ein Narr benommen, mich bis auf die Knochen blamiert? Oh Herr der Fellkugel, wie peinlich, dachte ich mir. Hätte ich doch bloß nie …, was mach ich jetzt nur? Ich würde es am liebsten ungeschehen machen, geht aber leider nicht. Also was soll es. Ich hoffe, dass mir die beiden nicht irgendwann mal über den Weg laufen. Sicherlich werden sie dann über mich lachen und mit der Pfote auf mich zeigen.

Es ist kein Grund sein Näschen zu rümpfen. Also ab sofort kein grämen mehr, sondern zu dem stehen, was ich getan habe. Mama hat immer gesagt, dass man aus seinen Fehlern und Dummheiten nur lernen kann. Gut, dann war es eben peinlich, dann habe ich mich eben blamiert. Ist bestimmt schon jeden Mal passiert. No Body is perfect.

Dennoch überlegte ich, was passieren würde, wenn wir uns zufällig über den Weg laufen. Ich entschloss mich, nicht weiter darüber nachzudenken, mir ein neues Revier zu suchen, mit dieser Gegend abzuschließen, die mir bisher nichts Gutes entgegenbracht hatte. Ich hatte Mama verloren, meine Geschwister, meine menschliche Gesellschaft, mein gefiederten Fridolin und wurde von der Mutter meiner zukünftigen Katzenbabys nicht erhört.

So landete ich wieder mal an dem Platz, wo einst Mal mein Zuhause stand. Die verbrannten Gebäudeteile sind überwiegend verschwunden und der Rest der noch vorhanden ist, der ist von einer üppigen Vegetation überrascht worden.

13. Auf der Suche nach einem neuen Zuhause

Im gemächlichen Tempo verließ ich den Platz meiner Geburtsstätte, marschierte in eine für mich noch unbekannte Gegend und kam an einer Ansiedlung von Häusern vorbei. Es sah aus wie eine Feriensiedlung, eine Ansammlung von Gebäuden, die im finnischen Landhaustil mit viel massiven Blockbohlen und uneingeschränkter Phantasie errichtet wurden und wunderbare berauschende Unterkünfte darstellten.

Ihre äußerst spitzen Satteldächer reichten teilweise bis zum Boden, ersparten dem Bauherrn zwar zwei Wände, führen aber zu kaum brauchbarer Wohnfläche. Einige mussten über Kamine verfügen, denn abseits standen aufgereiht Stapeln von frisch gehacktem Holz.

Holzstapel sind besonders gute Verstecke von Mäusen, da sie sich dort sicher, warm und geschützt fühlen. Mit ihren großen Knopfaugen, den langen Wimpern und den ziemlich kleinen Ohren gehören sie zu unseren Grundnahrungsmitteln. Vom Hunger geplagt schlich ich mich geräuschlos zum Holzstapel.

Da der Wind alle Gerüche und Geräusche mit sich fort trägt, versuchte ich mich gegen den Wind heranzupirschen. Doch kaum am

Holzstapel angekommen, hörte ich das gedämpfte zerschlagen von Porzellan. Verwirrt schaute ich zum Haus, doch nichts Aufsehenerregendes war zu bemerken. Dann wurde es für Sekunden still und ich konzentrierte meinen Blick auf das aufgestapelte Holz, suchte nach Spuren, die in ein Versteck zwischen den Kloben führten.

Doch meine Suche wurde wieder unterbrochen durch weitere klirrende und scheppernde Geräusche. Sie kamen aus dem Haus und just in diesem Augenblick ging die Tür auf und eine weibliche Stimme schallte lautstark heraus.

»Mach dass du verschwindest und lasse dich hier nie wieder blicken.«

Ich fühlte mich zuerst angesprochen und verkroch mich sofort hinter den Holzstapel. Dabei sah ich wie ein spärlich mit Riemen zusammen gehaltener Koffer das Haus in einem hohen Bogen verließ und krachend auf den Gehwegplatten landete. Es schien so, dass Kofferpacken nicht unbedingt ein Kinderspiel sei, den aus den Seitenrahmen quirlten einige Kleidungstücke heraus.

»Ich werde die Scheidung einreichen,« zeterte sie weiter.

»Schatzi!«

»Nein, ich lasse mich nicht davon abbringen. Ich hätte es schon tun sollen, als ich das Wagenrouge auf deinem Hemd gefunden hatte. Wieso hab ich mich nur von dir überzeugen lassen, dass da nichts war.«

Es deutete alles auf einen Ehekrach hin. Eine Eskalation, wo die Frau zur Hexe wird, zum Hausdrachen oder gar zur Furie. Sie keift, fängt an ihren Ehemann zu hassen, spricht von Scheidung und das alles Allerwahrscheinlichkeit nach wegen ein paar Kleinigkeiten, wo der Elefant wieder mal die Mücke beherrscht.

»Du lässt dich von Gefühlen hinreißen,« jammerte er.

»Eben, denn Liebe ist doch ein Gefühl und es ist schade dadurch ständig unterdrückt zu werden.«

Der Mann ging auf die Frau zu, nahm seine Hand und wollte ihr über die Wange streichen. Doch sie werte ab und sprach:

»Nein, ich habe das Gefühl, unsere Chance ist schon seit langem vertan. Statt die Affäre damals mit deiner Sekretarin als Scheidungsgrund zu benutzen, hatte ich mich wieder mal breitschlagen lassen.«

Beide versuchen durch ihre Wortgewalt das Ausbleiben der Argumente zu untermauern und brüllten sich immer lauter an:

»Ich will dich nie, nie, nie wieder wiedersehen,« fauchte sie ihn an und stammelte dabei mit dem Fuß auf.

»Du nervst mit deinem ständigen Genörgel.«

»Dann hau doch endlich ab, geh hin zu ihr oder zu deinen Kumpels, die dir mehr bedeuten als unsere Ehe. Seit wir das Baby haben, bist du doch so und so fast nie zu Hause.«

»Meine Kumpels verstehen mich wenigstens, nicht so wie du. Du hast immer was zu meckern, ich verdiene zu wenig, die Wohnung ist zu klein, das Bier zu teuer, das Fernsehprogramm zu schlecht, die Ausländer zu ausländisch, der Papst zu alt und meine Freunde zu vulgär.«

»Ich kann ganz andere Männer kriegen, die mich auf Händen tragen; die wissen, wie man eine Frau pfleglich behandelt, nicht so ein Waschlappen wie du.«

»Du kannst mich mal,« rief der Mann noch mal, nahm seinen Koffer, stieg ins Auto und fuhr fort.

Die Frau ging in die Hocke und fing an zu heulen. Zusammengeknickt saß sie da und ließ ihr Gesicht in den Händen verschwinden. Eine Nachbarin kam herangeeilt, nahm sie in den Arm und zusammen gingen sie ins Haus.

Eigenartige Sitte bei den Menschen, sich so seines Ehepartners zu entledigen, nur weil wohlmöglich ein schreiendes und hyperaktives Baby ein Hindernis für die geliebten Hobbys sind; weil sie mit ihrem Geschrei die Motorengeräusche der Formel 1 im Fernsehen übertönen; weil das Baby seinen Unmut äußert, Hunger oder Durst lautstark verkündigt und so die Nacht zum Tag werden lässt. Die Frau scheint genervt zu sein, der Haushalt geht in ein Chaos über und der versierte Familienvater verlässt kurzerhand das sinkende Schiff.

Und dann noch Scheidung. Obwohl, rechtlich gesehen ist eine Scheidung doch nur die Trennung von Tisch und Bett. Tatsächlich bleiben Ex-Ehepartner ein Leben lang verbunden, denn nach der Scheidung erhält man nicht den Status *ledig* sondern den Familienstand *geschieden*.

Ich schlich mich fort, fort aus dieser Gegend mit Heile-Welt Charakter. Meide so gut wie es geht die Nähe von Menschen, um nicht gejagt, verscheucht, erschossen, überfahren oder gar vergiftet zu werden. Ich versuche mit der Situation hier draußen so gut es geht zu Recht zu kommen, auch wenn mich der Hunger immer wieder in die

Nähe von Menschen treibt, die uns nicht unbedingt dulden, geschweige uns versorgen.

Ein Bach lag auf meinem Weg, ein kleines natürliches Gewässer das in gemächlichen Schritten dahin floss. Langsam schlich ich mich ran, an das weich fließende Wasser. Der Bach war sehr seicht und mit einigen größeren widerstandsfähigen Steinen und Felsbrocken versehen, die das gleichmäßige durchfließen verhinderten. Es musste seine Laufstrecke um die Steine nehmen, was dazu führte, dass sich kleinere Stromschnellen bildeten.

Durst überkam mich und das glasklare Wasser, wo man jeden Stein am Boden erkennen konnte, lud zum Trinken ein. Plötzlich sprang ein Forsch aus seiner typischen hockenden Halterung vom Rand des Baches heraus und tauchte sofort im Wasser unter.

Immer wieder zog er seine langen kräftigen Hinterbeine an, spreizte seine Zehen und stieß sie dann mit viel Schwung nach hinten ab, bis er den Grund des Baches erreichte und sich im Schlick versteckte.

Ich schaute das amphibienartige Wesen hinterher, der gut ausgebildete Schwimmhäute zwischen den Zehen hatte, um unter Wasser schneller voranzukommen.

Dann sah ich einen weiteren Frosch auf einem Stein lauern. Er beobachtete ein Insekt, das sich in seiner Nähe niederlassen hatte. Wartend auf die richtige Gelegenheit saß er bewegungslos da und visierte das Insekt. Dann schlagartig wie ein Pfeil schoss seine Zunge aus dem Maul und griff nach dem Insekt. Chancenlos wanderte das Insekt mit der Zunge zurück ins Maul und wurde in einem Stück verschluckt.

Danach schaute er zu mir rüber und fing an seine Schallblase aufzupumpen, um durch die anschließende Lautäußerung auf seine Reviermarkierung aufmerksam zu machen:

»Trrrrr, rätscht, knrrrrr, quo-o-o-a-a-ak, trrrrr, rätscht, knrrrrr, qou-o-o-a-a-ak.«

»Ich will dir nichts tun,« maute ich ihn an, worauf er sich wiederholte:

»Trrrrr, rätscht, knrrrrr, quo-o-o-a-a-ak, trrrrr, rätscht, knrrrrr, qou-o-o-a-a-ak.«

»Ich will hier nur was trinken, weiter nichts.«

Ein weiterer Frosch fing an zu meckern:

»Qou-o-o-o-a-a-a-k, qou-o-o-o-a-a-a-k.«

»Ich mag keine Frösche! Das kannst du mir ruhig glauben. Mama hat immer gesagt, dass ihr so komisches klebriges Sekret abgebt, dass ekelig schmeckt und brennt.«

Daraufhin senkte ich mein Kopf und fing an dieses weiche natürliche Quellwasser aus dem Bach zu trinken. Doch plötzlich, ob groß, ob klein, ob dick oder dünne, stimmten sie alle zu einem großartigen und faszinierenden Schauspiel an, zu einem Stück stimmungsvolle Lebensqualität, zu einem amphibischen Open Air Konzert. Alle schrien sie in einer Lautstärke, als wenn sie mir drohen wollten, als wenn sie damit verkündeten, dass dies ihr Bach sei und ich hier nichts zu suchen hätte.

Meine Zunge wurde immer hektischer, immer hastiger, immer eiliger um das Wasser aufzunehmen. Dann, als mein Durst gelöscht war, wandte ich mich ab und ging meinen Weg weiter. Lange noch hörte ich den Gesang, der wild durcheinander quakenden Frösche, mit ihrem riesigen spitz zulaufenden Maul, den verhältnismäßig großen seitlich am Kopf befindlichen schwarzen Augen und der extrem langen Zunge. Wie ein Cowboy, der sein Lasso zum Einfangen der Rinder wirft, so schnellte die Zunge des Frosches heraus und erreicht das Fünffache seiner Körperlänge.

Ein Weg führt durch ein Waldstück, ein schmaler Feldweg mit ausgewaschenen Fahrrillen und hohen Mittelbewuchs. Sie werden von landwirtschaftlichen Fahrzeugen benutzt. Am Ende des Waldstückes, das beeindruckende Panorama einer ungestörten Natur.

Auf der einen Seite ein Feld in der Rapsblüte. Auf der anderen Seite der noch wachsende Weizen. Ein Knick, eine aus unterschiedlichen Gehölzen bestehende Feldbegrenzung trennte den Weizen von dem nächsten Rapsfeld. In der Mitte der menschenleere Feldweg, der leicht nach rechts abbog. Vereinzelt waren Traktoren in der Ferne zu hören.

Ein Blick ins Tal zeigte mir eine Ansiedlung von Häusern, die nicht den Charakter einer Großstadt aufwiesen.

14. Von Hunden gejagt

In der Mitte dieses Dorfes ein Brunnen, um den Brunnen herum Markstände, die Obst, Gemüse, Fleisch, Eier, Federvieh, Backwaren und andere Sachen verkauften. Hier tummelten sich fast die Einwohner des ganzen Dorfes herum und galt weniger dem Handel als dem zwischenmenschlichen Informationsaustausch. Zu bemerken war, dass das bunte Treiben offenbar nur von Marktfrauen abgewickelt wurde, wo man sich unwillkürlich fragt, wo denn die Marktmänner eigentlich sind.

Auf der äußersten Flanke ein Imbiss, der Würstchen in mundgerechte Stücke zerteilte und sie zusammen mit einer Soße zum Verzehr anbot. Wer seinen kleinen Hunger sofort stillen wollte, der konnte sich auch auf einen der wackeligen Campingstühle an einen ebenso wackeligen Campingtisch neben dem Imbisswagen setzen. Ich nahm den Campingtisch in Visier, an den keiner mehr saß, sah eine Pappschale drauf stehen, in der sich hoffentlich noch einige Bratwurststücke befanden.

Es mag so aussehen, als wenn die Marktbesucher jedem Widerstand ausweichen würden, doch das tun sie nicht. Im Eifer des Gefechts drängen sie sich durch die schmalen Gänge, schubsen und rangeln, wobei ein simples Stolpern ausreichen würde, um den Verkehrsfluss ins stocken zu bringen.

In der Situation voller körperlicher Entmachtung und dem Gefühl gezwungener Maßen Dinge zu tun, von denen man nicht überzeugt ist, dass man sie unbeschadet übersteht, schlich ich mich unter den Marktständen entlang in Richtung des Imbisswagens.

Vorsichtig und schleichend trieb mich mein Hunger voran, vorbei an den gewaltigen Ansammlungen von Beinen, Röcken, Hosen und Schuhen, die nicht unweigerlich zu Stößen und Tritten führten.

Schon in der Zeit des glorreichen Mittelalters war der Marktplatz in einem Dorf ein Paradies für jeden, der schnell in einen Kaufrausch geraten möchte. Hier wurden neben dem Handel von Gegenständen des täglichen Bedarfs auch Shows dargeboten, wie Feuerspucken, Erzählungen und Theaterstücke. Hofnarren sorgten zusätzlich noch für Unterhaltung und Belustigungen.

Langsam näherte ich mich meinem Ziel, der vielversprechenden Wurst auf dem Tisch, verbunden mit einem schnellen Blick in den Abfalleimer beim vorbeigehen. Dann hatte ich es geschafft, sprang auf einen Stuhl, schaute über die Tischkante und sah, dass tatsächlich noch Wurststücke in der Pappschachtel lagen. Vorsichtig streckte ich meine Pfote aus und zog die Schachtel zu mir her.

Plötzlich hörte ich mal wieder das Bellen eines Hundes hinter mir, sprang vom Stuhl und sah ein Tier, der auf die Kreuzung einer Bulldogge und einem Terrier zurückzuführen ist. Ein Pit-Bull! Oder ein Bullterrier? Egal. Jedenfalls ein Kampfhund, ein Furcht und Schrecken erregendes Ungetüm.

Er hatte sich von der Leine seines Herrchens losgerissen und lief auf mich zu. Ein Hund mit einem überdimensionalen Maul, ausdruckslose Augen und scharfen Zähnen, die man mit der Beißkraft einer Müllpresse vergleichen konnte.

»Ey, komm sofort hierher! Sofort!« rief der Halter des Hundes hinterher, als er bemerkte, wie die Leine aus seiner Hand rutschte. Doch in der Aufregung überhörte der Hund die Worte seines Herrchens, rannte lieber mit offenem Maul und herausgestreckter Zunge auf mich zu.

»Scheiße,« maute ich zu mir. »Da hat man gerade was Leckeres zum Fressen gefunden, tauchen wieder diese Asphaltpiranhas auf. Sofort suchte ich das Weite, denn die Chance einen Kampf mit einer solchen Bestie, die die Aggressivität von Kampfhähnen und Kampfhunden mit einander vereinbart, zu überleben, ist gleich null.«

Ich lief um mein Leben in einer Gegend die mir fremd war, lief durch Straßen die ich vorher noch nie sah, an Grundstücken und Häuser vorbei die ich nicht kannte. Immer noch höre ich das Bellen des Hundes hinter mir, suchte nach einem Baum, den ich erklimmen könnte. Doch nirgends war einer zu sehen, sah nur Häuser dicht bei dicht.

Eine Mülltonne stand im Weg. Um ihr herum leere Verpackungen, Kartons, Plastikfolie, kein Ort der als Versteck dienen konnte. Eine halbleere PET-Flasche, die durch den Wind ins rollen kam, hätte mich fast zu Fall gebracht.

Als ich um der Ecke an einem Gebäude vorbei hastete, an dem das Wort Dorfkrug zu erkennen war, erschreckte ich einen älteren leicht alkoholisierten Mann, der daraufhin fluchend mit dem Krückstock hinter mir her drohte. Dabei sah er den nachfolgenden Hund nicht, der ihn fast unfreiwillig zu Boden riss, als die Leine versehentlich um seine Beine schlug.

Laut und kaum verständlich fing er an zu zetern, erdreistete sich sogar, seine noch halbvolle Flasche Bier die er in der Hand hielt hinter dem Hund her zu werfen. Doch ehe die Flasche ihre Flugbahn aufnahm, war der Hund lange an ihm vorbei und das Geschoss zerschellte auf dem Bürgersteig.

Der dicke fette Hund war immer noch hinter mir her. An der nächsten Ecke, bemerkte ich, wie unser Abstand immer größer wurde. Er wurde schwächer, konnte den Langstreckenlauf nicht durchhalten und es würde nicht mehr lange dauern, bis ich ihm entwischt bin.

Plötzlich stießen zwei weitere Hunde hinzu, die mich einkreisten. Es war keine Meute die hungrig war, dafür sahen sie zu gut ernährt aus. Es liegt eben in der Natur uns Katzen zu jagen, anzugreifen und vernichtend zu schlagen, da wir immer noch als Fressfeinde der Hunde gelten. Für dieses Verhalten können sie nichts, es ist ihr purer Instinkt, der sie leitet.

Ahnungslos bin ich in eine Falle getappt, sah drei bellende Hunde im Halbkreis vor mir stehen und hatte im Rücken eine Hauswand. Ich befand mich in einer fast ausweglosen Situation, spürte Panik in mir hochsteigen und merkte, dass mein Knurren sich negativ auf mein Verhalten auswirkte. Mein Herzschlag hat schon vor einiger Zeit den gesunden Bereich verlassen und ich bin kurz davor, meinen Widerstand aufzugeben. Doch dann dachte ich an Mama, die immer sagte:

»Sich zur Wehr setzen zu können, kann das Leben leichter machen.« Und so entschloss ich mich zu kämpfen.

Mit einem kräftigen Fauchen, einem Buckel der mich gewaltig erschienen ließ und einer mit scharfen Krallen ausgestattete Pfote, die jederzeit bereit war sofort zuzuschlagen, gab ich meine Renitenz zu verstehen.

Langsam kamen die Hunde näher und als sie dicht genug waren, sprang ich über sie hinweg und rannte die Straße entlang. Während des Laufens sah ich mich um, sah hinter mir die Meute in einem größeren Abstand folgen. Indessen mir langsam die Puste ausging, waren die noch frisch und wer weiß wie viele Kumpels von denen noch auf mich warten.

Ich kroch kurzerhand unter ein geparktes Auto, um ein bisschen zu verschnaufen, sah wie die Meute heran gelaufen kam und versuchte, sich ebenfalls unter das Auto zu quetschen. Doch für die vorhandene geringe Bodenfreiheit waren sie zu groß. So umzingelten sie das Auto und kratzen lebhaft an der Karosserie. Als sie sich alle auf einer Seite befanden, kroch ich auf der gegenüber Seite hervor und suchte mein Heil erneut in der Flucht.

Vor einem Café saßen drei Frauen, die

ihren eigenen Kleidungsstil präsentieren, wie zum Beispiel die Gummistiefel so zu kürzen, dass sie einem Halbschuh ähneln. Ihre Beschäftigung lag darin, die bohrende Neugier zu stillen und nach Neuigkeiten für Klatsch und Tratsch zu suchen.

Leider zeigten die Damen recht wenig Affinität für meine missliche Lage und schrien ausfallend hinterher:

»Hey, du dumm Vehwark. Se to, dat du affstäh kümmst «

Dann kamen die Hunde angerannt, liefen direkt zwischen den Beinen hindurch, worauf eine andere anfing zu brüllen:

»Ick glov, ick spinn. Wat shall dat denn ward. Mok dat du afhaust, du oller Köter.«

»Du olles Beest, kick wat du mok häst,« schrie eine andere und zeigte dabei auf den Tisch. Möglicherweise ist ihr Kaffee überschwappt, als ein Hund den Tisch berührte.

Ich lief zurück zur Mülltonne, versteckte mich unter den Kartons, doch die Hunde ließen sich nicht beirren und zerrissen die Verpackungen in Windeseile, bis ich aus einer Wolke von Plastik, Papier und Kartons wieder zum Vorschein kam.

Sichtlich erschöpft nahm ich Anlauf, sprang abermals über sie hinweg und raste die hochgradig defekte Straße hinunter, die wohl seit dem Krieg nicht mehr saniert wurde.

»Es muss eine Möglichkeit gefunden werden, wo ich hinauf springen kann, wo Hunde die Verfolgung aufgeben,« ermunterte ich mich miauend. »Ein Baum, nein Bäume gibt es hier im Dorf nicht. Vielleicht eine Mauer, die so hoch ist, dass ich sie überspringen kann. Ein Tor unter dem kein Hund durch passt, ein offenes Fenster zu einer Wohnung, hoch genug um zu entkommen. Wo sind diese Möglichkeiten?«

Meine Kräfte ließen nach und ich sah, wie der Abstand immer kleiner wurde, wie sie aufholten um mich auseinander zu nehmen. Ich konnte nicht mehr laufen, mir taten die Beine weh, bekam Atemnot, mir wurde fast schwindelig und mir brannten die Augen von dem Wind, dem Dreck, Sand und Abfall, der mir ständig ins Gesicht wehte.

Bei der nächsten Biegung sah ich einen offen stehenden Kleintransporter, ein Kastenfahrzeug beladen mit zwei leeren Paletten. Das könnte meine Chance sein, meinen Hetzern zu entkommen. Mit einem Satz sprang ich in den zum Tragen der Ladung bestimmten Aufbau, kroch an den Paletten durch nach hinten und verhielt mich ruhig.

Mein Herzschlag wurde noch schneller, je länger ich unter den Paletten hindurch auf die Straße sah und plötzlich erschienen vor meinen geistigen Augen die ersten Bilder, wie ich verletzt im Straßengraben liege, blutüberströmt und wartend, dass ich für immer die Augen schließe.

Bellend hörte ich die Hunde kommen, die immer lauter wurden, bis sie den LKW erreichten. In geduckter Haltung, mit peitschendem Schwanz und einen furchtsamen Blick hockte ich in der Ecke und beobachtete die Tür. Angst jagte durch meinen Körper und mahnte zur Vorsicht und erhöhter Aufmerksamkeit. Meine Muskeln spannten sich an und mein Herz schlug immer schneller.

Plötzlich schwellte das Gekläff ab, wurde immer leiser bis es nur noch aus weiter Ferne zu hören war. Es schien so, dass die Hunde auf die List hereingefallen waren und vorbei liefen.

15. Gefangen in einem Transporter

Ich war total aus der Puste, fühlte mich erschöpft, war nicht mehr in der Lage überhaupt noch einen Schritt zu tun. Mein Herz hatte es übermäßig eilig, mein Pulsschlag verursachte immense Paukenschläge und mein Mund war so trocken, dass der Speichel schon weiße Fädchen zog.

Müde und erschöpft fielen mir die Augen zu und ich war dabei einzuschlafen. Doch kaum die Augen geschlossen, hörte ich wieder das Bellen der Hunde und synchron fing auf der gegenüberliegenden Straßenseite ein Kind an äußerst nerv zehrend zu plärren. Ich schreckte zusammen, hatte gedacht sie abgeschüttelt zu haben, doch Fehlanzeige.

Langsam wuchs das Gebell der Hunde, wurde immer lauter, wie das Crescendo eines Orchesters. Sie kamen also näher, witterten nun doch meine Spur. Sie werden nicht umsonst als Nasentiere bezeichnet, wo man auch zu sagen pflegt: je länger die Schnauze, desto besser das Riechvermögen.

Meine Anspannung war enorm, wusste nicht was ich jetzt machen sollte, fühlte mich verloren. Nie würde ich eine Auseinandersetzung mit den drei Hunden überstehen. Ich betete, flehte förmlich den

Herrn der Fellkugel an, mir behilflich zu sein, mir einfach Beistand zu gewähren.

Doch bevor die Hunde nahe genug waren, mein Versteck aufzuspüren, vernahm ich die Stimmen zwei Männer, die sich neben dem LKW aufhielten:

»Das hat ja wunderbar geklappt. Ich melde mich demnächst bei dir, hab da nämlich noch ein Transport, den du machen könntest.«

»Ja aber lass mich nicht wieder so lange warten. Ich muss schließlich Geld verdienen, hab auch Unkosten die bestritten werden müssen und so ein Auto läuft auch nicht mit Wasser.«

»Keine Sorge. Ich ruf dich in den nächsten Tagen an, dann besprechen wir alles weitere.«

»Ok, bis dann.«

Daraufhin kam ein Mann mit schütterem Haar, drei–Tage-Bart und einem fremdartigen Erscheinungsbild um das Fahrzeug herum zum Heck und schloss die Tür. Schlagartig wurde es dunkel um mich, eine unangenehme Dunkelheit. Alles was vorher im Sonnenlicht so farbig war, erschein jetzt grau in grau.

Die Fahrertür wurde geöffnet, der Mann schien einzusteigen und ließ die Tür wieder ins Schloss fallen. Dann heulte der Motor auf und während sich das Fahrzeug mit durchgedrehten Reifen in Bewegung setze, wurde ich mit einem kräftigen Ruck gegen die Paletten geschleudert. Gleichzeitig flogen Antirutschmatten, Plastikfolien und lose herumliegenden Spanngurte nach hinten gegen die Hecktür. Es sind Teile zum Sichern der Ladung, die dafür sorgen, dass ein LKW mitsamt seiner Ladung in einem einwandfreien Zustand am Zielort ankommt.

Während das Fahrzeug sich auf der Straße fort bewegte, verstummte auch so langsam das Gekläff der hinterher laufenden Hunde. Diese Sorge war ich nun los, dachte ich mir, woraufhin mein Herzschlag anfing sich langsam zu beruhigen. Doch meine neue Sorge war nun, wie ich hier wieder heraus komme.

Ein muffiger Geruch stieg in meine Nase, ein Gestank wie von alten Sachen; wie das nasse Fell eines Hundes, nach dem Sprung in eine Klärgrube oder wie das fruchtige Überbleibsel an den Bushaltestellen nach einer durchzechten Nacht.

Ich dachte darüber nach, wohin die Fahrt wohl gehen wird. Werde ich wieder in einer Gegend landen, wo ich nicht willkommen bin? Wo Hunde mich für ihre Hetzjagd benutzen? Wo mit jedem Revierverhalten angezeigt wird, was einem ach so tolles gehört? Wo jeder schöne Platz gleich zu einer Privatsphäre erklärt wird?

In einem mulmigen Gefühl wachsender Anspannung und Unruhe, wartete ich auf das was auf mich zukommen wird. Mein Körper und Geist ist hochkonzentriert und mittlerweile wieder voll leistungsfähig. Ich machte mir selber Mut, weil ich wusste, dass es nur besser werden konnte.

Nach geraumer Zeit, verlangsamte sich die Fahrt und das Fahrzeug blieb stehen. Dann hörte ich ein schmerzhaftes metallisches nervenzerfetztes Gekreische, der Rückwärtsgang wurde eingelegt und das Fahrzeug fuhr rückwärts auf irgendein Gelände, möglicherweise auf einem Hof.

Der Motor erstarrte, der Fahrer stieg aus und ließ die Fahrertür krachend ins Schloss fallen. Ich kroch zwischen den Palletten hervor, machte mich bereits, sobald die Hecktür geöffnet wird, hinaus zu springen und zu entfliehen.

Doch ich wartete vergebens. Still lag ich da und lauschte, aber die Schritte entfernten sich, wurden immer schwächer, bis sie schließlich verstummten.

Ich fühlte mich einsam, verlassen und vergessen, war gefangen in meinem Gedankenmeer und eingesperrt in einem Fahrzeug, werde wohl die Nacht hier verbringen müssen. Ich dachte an die Hunde, die mich jagten. Was sind das nur für Wesen. Sie haben struppiges Fell, bellen die ganze Nacht, kosten noch Steuern, müssen ständig gebadet werden und juckeln regelmäßig an Herrchen und Frauchens Beinen.

Wir Katzen hingegen haben ein weiches Fell, sind ruhige Gesellen, Steuerfrei, putzen uns mehrmals am Tag und suchen uns für ein sexuelles Abenteuer lieber ein Katzenmädchen. Außerdem besitzen wir außergewöhnlich Fähigkeiten und sind sehr kreativ mit unseren Ideen. Dann schlief ich ein und fing an, im Katzenhimmel herum zu reisen. Ich träumte wieder mal von Mama, wie sie dabei war, mir die Jagd beizubringen. Eine kleine Haselmaus huschte aus einem Spalt der Schuppenmauer heraus. Sofort bemerkte ich sie, ließ meine Pfote vorschnellen und hielt sie fest.

»Friss sie nicht,« meinte Mama.

Ich trat einen Schritt zurück, sah meine Mutter an und in dem Moment fing die Maus an zu quieken.

»Richtig, ja, geht schon in Ordnung,« meinte meine Mutter und sah die Maus dabei verständnisvoll an. Ich war ein wenig verblüfft darüber und fragte:

»Was hat sie gesagt?«

»Sie hatte gesagt, dass sie drei Junge hätte und sie auf dem Weg sei, um Maiskörner auf dem Feld nebenan zu organisieren.«

»Mais,« fragte ich.

»Ja, Mais ist gesund erhält viele Ballaststoffe, Mineralien und Vitamine.«

Wieder fing die Maus an zu quicken und wiederum packte mich die Neugier:

»Was hat sie denn jetzt gesagt?«

»Deine Pfote wird auf ihrem Rücken allmählich schwer.«

Hastig nahm ich meine Pfote zurück und ebenso hastig verschwand die kleine Maus wieder in dem Spalt an der Schuppenmauer.

»Warum hätte ich sie nicht fressen sollen,« wollte ich wissen.

»Denk mal drüber nach. Wenn du die Mutter von den Jungen trennst, verendet der Nachwuchs. Wenn die Mutter aber die Jungen großzieht, dann ist der Teller morgen gabenreicher.«

Ja, so war Mama eben, intelligent, sehr überzeugend und äußerst gerissen. Als ich wach wurde, muss es längst schon taghell gewesen sein, denn ein reger Autoverkehr war zu hören. Miauend schrie ich:

»Lass mich hier raus, lass mich hier raus!«

Um meiner Forderung Nachdruck zu verleihen, kratze ich immer wieder an der Innenverkleidung der Hecktür. Doch niemand schien mich wahrzunehmen. Wieder schrie ich:

»Ich hab doch gesagt, dass ihr mich hier raus lassen sollt.«

Immer wieder hörte ich in unmittelbarer Nähe Stimmen, die zunächst laut sind, anschließend jedoch schnell wieder verhalten. Dann wurde es wieder Still und ich versuchte zu schlafen, damit die Zeit schneller vergehe. Doch es war nicht möglich, mein Hunger quälte mich. Nach einigen Augenblicken fiel mir ein Rauschen auf, das ich zunächst nicht einordnen konnte. Es hörte sich an wie Regen, wie leichter plätschernder Regen, der gierig von der Erde aufgesogen wurde, um neues Leben zu schaffen.

Doch dann wurde es dichter, heftiger und härter. Es fing an wie Paukenschläge auf dem Dach zu trommeln und hörte sich an, wie der Trommelwirbel eines Drummers in einem Blasorchester.

Plötzlich ein Geräusch, ein

Aufprallgeräusch wie das von Tropfen nach einen zwei Meter freien Fall.

Zuerst machte es tock, tock, dann klong, klong. Ich ging in Richtung wo die Geräusche herkamen und auf einmal spürte ich in der Dunkelheit, wie es auf meinen Rücken plätscherte, wie das Gewicht des Wassers auf meinem Fell aufschlug und an den Seiten herunter lief. Schütteln ging ich zur Seite, nahm es wahr, wie der Regen durch eine undichte Stelle im Dach seinen Weg gefunden hatte.

Langsam bildete sich eine Pfütze und der Durst brachte mich dazu, von dem Wasser zu trinken. Es schmeckte frisch und weich, angenehm und kühl.

Dann bemerkte ich, wie die Pfütze immer größer wurde, wie in den Rillen des Holzfußbodens das Wasser entlang lief und immer mehr Raum einnahm. Ich sprang auf die obere Palette, um mich vor der Nässe zu schützen, denn ich hasse Wasser.

Doch schon bald hörte der Regen auf und durch die kleine undichte Stelle, konnte ich sehen, wie es langsam wieder heller wurde. Ich warte hier oben, hoffte dass bald die Tür aufgehen würde, doch nichts passierte und so wurde mein Schicksal als Gefangener in einem Transporter immer ungewisser.

Es fällt mir schwer meine Gedanken zu

sortieren, viele Zusammenhänge zu verstehen. Tausend Dinge gehen mir durch den Kopf und ein Chaos entsteht. Wie lange muss ich hier wohl noch verweilen, bis man mich entdeckt. Was passiert, wenn man mich entdeckt? Werden wieder Hunde nach mir jagen, andere Katzen nach mir schlagen? Und so verbrachte ich wieder eine Nacht, allein und verlassen.

16. Dem Hungertod geweiht

Die nächsten Tage verliefen nicht viel anders. Der Hunger hatte mich total kraftlos gemacht, nur der Durst, den konnte ich durch den immer wieder durch das Dach eintretenden Regen stillen.

Zwischenzeitlich sind fast zehn Tage vergangen, die sich wie zehn Monate angefühlten. Ich war geschwächt, abgemagert und fing an, am ganzen Körper zu zittern; konnte kaum noch stehen, da die Anpassungsfähigkeit des Kreislaufes nachließ, das Blut in meinen Beinen versackte und zeitweise zu Schwindelerscheinungen führte.

Mein letzter Tag wird kommen. Ich habe mein Leben selber bestimmt, nun muss ich auch die Folgen meines Handels tragen.

Ich dachte wieder mal an Mama und an meine Geschwister, ob sie wohl im Katzenhimmel sind und vielleicht auf mich warten? Wenn ich erst mal Tod bin, dann kann ich nicht mehr zurückkehren. Das macht mich wiederum traurig, da ich bisher ein einigermaßen angenehmes Leben geführt hatte. Ich lernte viel und schnell, wusste dass vieles nicht so zu bewerten ist, wie einem es vorgeführt wird.

Doch ich will nicht daran denken, mich

nicht damit beschäftigen, nicht den Tod in Erwägung ziehen. Noch lebe ich und ich wusste, dass der rettende Moment kommen wird.

Ich dachte an meine Babyzeit, wo ich noch an Mama Brust schlief. Wir lebten in einem Kuhstall in einer Ecke auf warmem Stroh. Es war angenehm und weich, doch was mich immer wieder ärgerte und beim Schlafen störte waren diese komischen kleinen schwarzen Viecher, die fliegen konnten. Meistens hielten sie sich bei den Kühen auf, von denen sie gemocht wurden. Immer wieder wurden sie mit dem buschigen Schwanzende einer Kuh begrüßt, worauf die Fliegen vor Freude ihren Zick-Zack-Tanz auf führten.

Mich allerdings nervten sie, summten um meine Ohren herum und setzten sich unerlaubt auf meinen Kopf. Das mach ich ja nun gar nicht haben und schlug hinter diesen Fliegen hinterher. Doch sie waren unwahrscheinlich schnell, flogen wie Hasen rennen, schlugen schnelle und unvorhersehbare haken in der Luft, um mich zu irritieren. Doch nicht immer gelang es denen und ich konnte hin und wieder eine fangen.

Mama sagte immer, dass man solche Insekten nicht fressen kann, da sie es lieben am Straßenrand im Kot zu baden und dann auf eine Mitfahrgelegenheit warten, um anschließend bei den Motorradfahrern zwischen den Zähnen zu laden.

Ich muss wohl wieder ein wenig eingeschlummert sein, als ich hörte, wie die Tür der Fahrerkabine geöffnet wurde. Stark erschöpft, schwach mich zu bewegen, versuchte ich die Situation zu erfassen.

Der Motor heulte auf und mit einem Ruck setzte sich das Fahrzeug in Bewegung. Wieder werde ich abtransportiert, eingepfercht in einem Transporter, blind und orientierungslos und bis zum Erbrechen durch die Gegend geschaukelt.

Er fuhr über teils asphaltierten, teils aus Schotter bestehenden Wegen und mit polternden Geräuschen, wo die Reifen sich immer wieder vom Boden weg bewegten, wo die Stoßdämpfer ständig nach schwangen, schwebte ich immer wieder in luftiger Höhe über dem Ladeboden.

Ständig schlug ich mit meinem Körper auf und jedes Mal spürte ich einen stoßenden Schmerz. Ich war zu schwach mich überhaupt zu bewegen, ließ es über mich ergehen. Schließlich kann es nicht mehr lange dauern, bis man mich hier fast verhungert liegen sehen wird.

Mir war es inzwischen egal, was mit mir passieren wird, ob man mich entsorgt oder versorgt; ob man mich wegjagt oder ermutigt.

Wenige Zeit später hielt das Fahrzeug an. Der Fahrer stieg aus, schlug die Tür zu und verschwand. Ich lag auf dem Boden, seitlich alle vier Pfoten von mir gestreckt und schaute zur Tür. Es ist die Tür, die mich von einem schwachen und machtlosen Zustand in einen Zustand der Kraft und Stärke führen könnte. Hoffnung stieg in mir auf, der Glaube an Aussicht; die Zuversicht, dass sich alles zum Guten wenden würde.

Es dauerte lange, dann hörte ich Stimmen:

»Wir müssen eine komplette Küche bei einem Freund von mir abholen. Kriegen wir die rein?«

»Kein Problem! Was meinst du was ich da schon alles drin hatte, ganze Hausstände.«

»Nun, das ist eine komplette Wohnküche, mit E-Herd, zwei Spülbecken und Kühlschrank.«

»Notfalls fahren wir zweimal. Wo müssen wir denn hin?«

»Ich fahr mit dem Auto vor und du folgst mir. Ist der Transporter leer?«

»Wenn das Glas eines Pessimisten halb leer ist und das eines Optimisten halb voll, dann ist mein Transporter voll leer. Sind nur zwei Paletten drin, die ich immer als Unterlage benutze, weil der Boden nicht so astrein ist.«

»Gut dann lass uns los.«

Wieder startete der Motor und das Fahrzeug setzte sich in Gang. Diesmal fuhr das Fahrzeug ruhiger, schien sich auf einer asphaltierten Straße zu bewegen. Doch immer wieder kam es zu Bremsmanöver, die mich hin und her rutschen ließen. Bald war auch diese Fahrt zu Ende und gab mir Hoffnung auf Erfüllung. Der Fahrer stieg wieder aus, knallte die Tür hinter sich ins Schloss und…

… und wieder wartete ich.

Es dauerte lange und kam mir vor wie eine Ewigkeit, bis ich dann die Stimme es Fahrers hörte:

»Ich fahr den Transporter kurz rückwärts ran, dann haben wir es nicht so weit mit dem Tragen.«

»Soll ich dich einweisen?«

»Ne lass man, noch kann ich Auto fahren.«

Der Mann stieg ein, startete den Wagen, bewegte ihn langsam und vorsichtig rückwärts, zog die Handbremse mit einem schmerzhaften knarrenden Geräusch an und stieg dann wieder aus.

Ich hörte Schritte um den Wagen, die kurz stehen blieben und dann wieder weiter gingen. Schnurrend blickte ich zur Tür, hörte wie das Riegelschloss krachend entsperrt und die Tür geöffnet wurde.

Licht bahnte sich den Weg und erhellte den Innenraum. Sofort beraubte es mich meines Sehvermögens und reflexartig kniff ich die Augen zu. Langsam öffnete ich die Augen wieder, ließ sie sich an das gleißende Licht gewöhnen und starrte zur geöffneten Tür.

Es war niemand zu sehen und so zog ich mich mit meinen Krallen auf dem Holzfußboden entlang zum Ausgang, wollte hinaus in die Freiheit, den Himmel beobachten, die Wolken, die Sonne den Mond und auch die Sterne; will wieder an Blumen schnuppern, Gras fressen und unter Bäumen liegen.

Gerade mal bis zur Schwelle schaffte ich es, musste mich erst mal verschnaufen, denn es war sehr anstrengend. Dabei schaute ich hinunter auf die Straße, sah diese Höhe, die mir derweil schwindelerregend vorkam.

»Hey, wer bist du denn,« hörte ich auf einmal jemanden zu mir sprechen. Der

Fahrer kam um die Ecke des Fahrzeuges und zugleich fing er an mich leicht übers Fell zu streicheln. Es war wie Balsam für meine Seele; eine Hand, die meine Psyche berührte; eine Stimme, die wie das Rauschen der Wellen klang wenn sie sich friedlich entrollten.

»Du bist ja ganz geschwächt. Was machst du hier im Transporter. Du hast doch nicht etwas die ganzen letzten Tage hier im Wagen gelegen?«

Er nahm mich äußerst vorsichtig auf dem Arm, legte mich unter seiner Jacke in die Armbeuge und ich spürte seine angenehme Wärme, die sich auf mich übertrug.

»Du bist ja so richtig dürr, ganz abgemagert. Musstest du die ganze Zeit hungern? Oh, das tut mir aber Leid.«

Er trat aus Öffnung hervor, ging an die Seite des Transporters vorbei und rief seinen Kollegen zu:

»Wir müssen den Transport für Heute abbrechen.«

»Wieso,« kam als Antwort zurück.

»Ich hab hier einen Patienten, der ist halb verhungert. Mit dem muss ich erst mal zum Tierarzt.«

Der Kollege kam heran, sah mich,

streichelte mit dem Zeigefinger über meinem Kopf und meinte:

»Oh Gott, was ist das für ein kleines Würmchen. Wo hast du den denn gefunden?«

»Der lag hier im Transporter.«

»Wie, im Transporter? Wie ist er denn da rein gekommen?«

»Keine Ahnung, kann nur letztens bei dir gewesen sein, als wir noch Kaffee tranken und ich den Wagen aufgelassen hatte, da muss er hineingesprungen sein. Seitdem hatte ich den Wagen nicht mehr benutzt.«

»Dann war er da fast zwei Wochen drin.«

»Ja, eingesperrt ohne Wasser und Fressen.«

»Gut, ich kümmere mich hier um die Küche und verschiebe den Transport auf nächste Woche. Fahr du zum Arzt und melde dich wie es dem kleinen Kerl geht.«

Einen Tierarzt, so was kannte ich noch nicht, vertraute aber diesen Menschen, der mich zu dem hinfuhr. Es waren drei weibliche Ärzte mit weißen Kitteln. Sie legten mich auf einen langen harten metallischen Tisch. Er war kalt und beängstigte mich ein wenig. Sie machten allerlei mit mir, Sachen die ich nicht verstand und auch nicht so richtig zuordnen konnte. Dann bekam ich noch zwei Spritzen, die ein wenig wehtaten, doch ich war zu schwach um mich dagegen zu wehren.

Der Fahrer, der mich herbrachte, kam wieder rein und eine von den drei Frauen sprach zu ihm:

»Wir haben erst mal einen gründlichen Gesundheitscheck und einen Virustest gemacht, denn derart freilebende Katzen sind durch ihre Lebensweise oft Träger des felinen Leukosevirus, des felinen Immunschwächevirus oder von Katzenschnupfenviren.«

»Und wie geht es ihm,« fragte der Mann.

»Er ist sehr geschwächt, hat müde Muskeln und schlaffe Knochen. Sein Immunsystem ist soweit labil, wir haben ihm zwei Spritzen dagegen. Was er jetzt braucht ist Pflege, viel Pflege und er muss langsam wieder ans Essen herangeführt werden, damit er zu Kräften kommt. Ansonsten sehe ich keine Hoffnung. Vielleicht ist es besser, wenn wir ihn in ein Tierheim bringen.«

»Nein!« sprach der Mann lautstark.

»Ich trage die Verantwortung für das was ihm passiert ist. Er lag fast vierzehn Tage bei mir im Transporter, nur weil ich das Fahrzeug unbeaufsichtigt gelassen hatte.«

»Ja aber da hätte doch jedes Tier hinein springen können.«

»Mag sein, aber ich hätte zumindest noch mal nachsehen müssen, ob keiner drin ist, bevor ich den Wagen verschließe. Es ist also meine Schuld, dass er so abgemagert ist und so Leiden musste. Jetzt soll es meine Pflicht sein, ihn wieder aufzupäppeln.«

»Schön dass sie so denken,« sagte die Frau Doktor. »Schauen sie dann bitte in einer Woche wieder vorbei.«

»Das werde ich machen.«

Er legte mich auf seine Jacke und trug mich zum Fahrzeug. Dort platzierte er mich auf den Beifahrersitz, drückte von allen Seiten die Jacke noch unter meinen Körper und fuhr dann ganz langsam los.

Bei ihm Zuhause richtete er einen Wäschekorb her, stopfte ihn mit einigen Handtüchern voll und legte mich hinein. Den Korb stellte er dann vor die Balkontür, streichelte mich ganz sanft und sprach:

»Hier kannst du ein wenig nach draußen gucken. Ich gehe jetzt schnell in die Tierhandlung, um was für dich zum fressen zu kaufen. Schlaf ein wenig, bin gleich wieder da.«

Es war als wenn der Schnee längst geschmolzen war, einzelne Vögel sich ein paar Insekten ergaunerten und der Postbote ein fröhliches Lied pfiff, es war wie Frühling, der durch mich hindurch floss.

Daraufhin verschwand er.

17. Nach Tagen der Hungersnot kam die Erhörung

In einer Tierhandlung stand er vor meterlangen Regalen voller Futter. Futter für jede Art von vierbeinigen Säugetieren und jeden Typ von Vogel. Mit verschränkten Armen stand er davor und schaute sich die einzelnen Gattungsmarken an. Unschlüssig nahm er die Konserven, Aluschalen und Portionsbeutel in die Hand, sah sie sich von allen Seiten an und studierte die durchschnittlichen Nährwerte und Inhaltsstoffe.

Die Unentschlossenheit muss ihm auf der Stirn gestanden haben, denn eine Verkäuferin kam und bot ihre Assistenz an:

»Kann ich ihnen helfen?«

»Ist das alles Katzenfutter,« fragte er.

»Von da vorne bis dort hinten ist auf dieser Seite alles Katzenfutter. Auf der gegenüberliegenden Seite finden sie Spielsachen, Halsbänder, Fressnäpfe, Pflegemittel, Betten, Kissen, Kratzbäume, Katzenklos und –streu, sowie Transportboxen, Decken und anderes mehr. Auf der Rückseite dieses Regals ist alles für den Hund zu finden.«

»Dann steh ich hier schon mal richtig. Die Preise sind sehr unterschiedlich und der

Inhalt scheint auch sehr unterschiedlich zubereitet zu sein. Was können sie mir empfehlen?«

»Sehr viel wird von dieser Firma gekauft.« Sie tippte dabei mit dem Zeigefinger auf einen der Kartons, in denen sich Portionsbeutel befanden.

»Das hatte ich auch schon in Erwägung gezogen. Und wo werden die Sachen hergestellt, in China, Japan oder Taiwan?«

»Nein, das wird alles hier in Deutschland hergestellt. Frau Susebier kauft es auch von dieser Firma.«

»Wer zum Teufel ist Frau Susebier?«

»Sie kennen Frau Susebier nicht?«

»Nein woher? Ich wohne noch nicht lange hier.«

»Frau Susebier ist die ältere Dame, die streunende Katzen bei sich aufnimmt und sie pflegt. Sie war auch schon mit ihren zwanzig Katzen in der Zeitung abgebildet. Eine gut-herzige Dame, die ihre ganze Rente für die Verpflegung ihrer Katzen opfert.«

»Wow. Ich hab auch eine Katze als Pflegefall, habe sie halb verhungert in meinem Transporter gefunden. Nun will ich sie wieder aufpäppeln, damit sie zu Kräften kommt und dazu suche ich entsprechendes

Futter.«

»Katzen mögen zwei Arten von Fressen, dass Nassfutter hier die Dosen, Aluschalen und Portionsbeutel und …,«

sie ging einige Schritte weiter, blieb stehen, deutete auf einige Packungen hin und sprach weiter:

»… und das Trockenfutter. Es ist gut für die Zähne. Auch hier würde ich den gleichen Hersteller nehmen, wie bei dem Nassfutter. Wenn die Katze so ausgehungert ist, sollten sie ihr auch ein wenig Katzenmilch geben, da sind viele Vitamine, Mineralstoffe und Aminosäuren drin.«

»Okay, dann stellen sie mir doch mal was zusammen, sodass es für ein bis zwei Wochen erst mal reichen wird.«

Während die Verkäuferin den Einkaufswagen volllud, betrachtete er die Katzenaccessoires, holte ein beigefarbenes Bettchen heraus, mit stabilen Rand und abgesenkten Einstieg. Als Farbe wählte er beige, weil er meinte, es wurde besser zu meinem zimtfarbenen Fell passen. Dann entschied er sich noch für eine Futterstation mit zwei eingelassenen Fressnäpfen, ein Kratzbaum mit Höhle, Katzenklo und –streu, sowie Bälle, Fellmäuse und einen Tunnel aus Nylon als Abenteuerspielplatz.

Ich schlief währendes in diesem weichen Wäschekorb, schnurrte vor mich hin, weil ich mich freute einen neuen Freund gefunden zu haben, der es scheinbar gut mit mir meinte. Ich fühlte mich auf einmal glücklicher, erfüllter und stabiler, doch die Schwäche nahm weiter von meinen Körper besitz. Bewegungslos liege ich da, habe keine Power, fühle mich leer wie eine Flasche. Ich bin einfach nur noch Müde, möchte schlafen, doch es geht nicht.

Angst macht sich wieder breit, doch noch einzuschlafen und nicht mehr aufzuwachen, meinen neuen Freund wieder zu verlieren. Es ist wie das Gefühl zu ertrinken. Der Wille kämpft ums Überleben, doch der Körper ist zu schlaff, zu kraftlos, ohne jegliche Energie. Man versucht an die Oberfläche zu gelangen, schluckt Wasser, hustet und inhaliert noch mehr. Der Tauchreflex setzt ein, der Herzschlag wird langsamer, jeder Tropfen Blut wird abgezogen und mit letzter Kraft bewegt man die Arme, als wolle man sich an einer Leiter hinaufziehen.

Aus Reflex verschließt sich die Luftröhre, kein sauerstoffhaltiges Blut strömt mehr ins Gehirn, man verliert nach und nach das Bewusstsein und schließlich kommt es zum Herzstillstand, der Tod tritt ein.

Bewegungslos liege ich hier, habe einfach keinen Power mehr in mir. Reflexartig ließ ich meine Krallen aus- und einfahren die sich immer wieder in den dichten Schlingen der Handtücher verfingen und sich zu Ziehfäden veränderten.

Doch dann hörte ich meine innere Stimme sagen:

»Alter Narr, was ist aus dir geworden? Du bist ein Kater, ein Held unter den Kriegern, ein Wolf unter den Füchsen, ein Kämpfer. Ein alter Adler ist stärker als eine junge Krähe.«

»Meinst du,« erwiderte ich.

»Na klar, es kommen wieder bessere Zeiten, denn wenn man nicht bereit ist zum Gegenangriff überzugehen, driftet man ab. Dann produziert man immer mehr Frust und Enttäuschung, was zu Verdrossenheit, zu Resignation, zum Sich-hängen-Lassen und schließlich zur negativen Handlungen führt.«

Ich versuchte aufzustehen, mich aufrecht zu stellen, auf allen vier Pfoten mich zu bewegen, doch vergeblich, die Knochen machten es nicht mit und ließen mich zusammen fallen. Augenblicklich hörte ich, wie die Haustür aufgeschlossen wurde, wie jemand herein kam und diverse Sachen abgestellt wurden.

Dann kam der Mann, der mich aufgenommen hatte und strich mir über mein Fell. Ein Zustand der Freude überfiel mich und ich fing an zu schnurren.

»Ich mache dir jetzt schnell was zu essen und dann füttere ich dich,« sprach er zu mir und verschwand daraufhin in Richtung Küche. Kurz darauf kam er wieder, stellte die Fressnäpfe auf den Couchtisch, nahm mich auf den Arm und setzte sich aufs Sofa.

Wie ein Baby lag ich in seiner Armbeuge und er fing an mich mit seinen Fingern zu füttern. Stück für Stück gab er mir etwas von den saftigen Brocken. Sie waren äußerst lecker und ich hätte nicht aufgehört, wenn er nicht meinte:

»Nicht alles auf einmal. Du musst langsam essen. Nur wer Zeit hat, kann seine Mahlzeiten genießen, schließlich sollst du ja wieder gesund werden.«

Er stellte das Fressnapf zur Seite, holte eine Flasche hervor, die mit einer schnullerartigen Saufvorrichtung versehen war und hielt sie mir hin.

»Das ist spezielle Milch für dich, damit du dich schneller erholst.«

Ich saugte daran und Erinnerungen wurden in mir wach, als ich noch als Katzenbaby an Mamas Brust lag. Viel zu schnell ging die wunderschöne Zeit vorbei, wo Mama über uns wachte und uns ernährte, wo sie Sorge trug und manchmal auch zögerlich handelte, wo sie uns stillte und tröstete; wo wir in den Höhepunkt der Jagd eingewiesen wurden und zwischen geschmackliche Highlights unterschieden.

Als ich ausgetrunken hatte, legte er mich in mein neues Bett, streichelte sanft über mein Fell und meinte:

»Das ist ein Bettchen nur für dich. Schlaf ein wenig. Wenn du wieder wach bist, dann macht Herrchen dir neues Futter.«

Er bezeichnete sich als mein Herrchen, will wohl das ich bei ihm bleibe. Nun gut, wenn er mich mit ausreichend Nahrung versorgt, mich pfleglich behandelt und mir ein Zuhause gibt, dann kann es für mich tatsächlich nur besser werden. Doch für wie lange? Bis ich wieder bei Kräften bin? Mich wieder alleine versorgen kann? Fragen tauchten auf, die eine Antwort erwarteten, doch ich wusste keine.

Mein Herrchen fütterte mich jeden Tag, gab mir ständig aus dieser Schnuller-Flasche zu trinken und streichelte mich immer wieder. Dabei sprach er mit sanften Worten zu mir, erzählte von seiner Arbeit, vom Wetter und anderen belanglosen unverständlichen Dingen.

Ich war ein intelligenter Kater, lernte schnell, besonders, wenn ich das Erlernte zu meinen Vorteil nutzen konnte. So täuschte ich selbst nach meiner Genesung weiter vor, zu schwach zu sein, selbst fressen zu können. Ich fand es einfach angenehm, von meinem Herrchen gefüttert zu werden und er glaubte mir meine Vortäuschung.

Zwar meinte die Ärztin, die mich nach einem Monat wieder gründlich untersucht hatte, dass ich eigentlich vollends wohlauf sei, dass mein Gewicht ideal wäre, mein Blutdruck stabil und die sonstigen körperlichen Funktion wiederhergestellt seien. Doch mein Herrchen schien dem nicht so recht glauben zu schenken. Jedenfalls dürfte ich weiter in seinen Armen liegen und fressen aus seiner Hand erhalten.

Nach der Fütterung legte er mich immer sachte in mein Bettchen. Verdauungsarbeit macht müde und so schlief ich erst mal eine Runde. Geht Herrchen aus dem Hause, erkundige ich erst mal die Wohnung, inspiziere mein neues Reich. Doch zwischenzeitlich kenne ich alles in- und auswendig, fand sogar eine seiner mit pestilenzialischen Käseenzym versehenen Tennissocken unter dem Bett. Ein Blick hinter dem Schrank verriet mir, dass hier noch nie sauber gemacht wurde. Der Staub begrub den Boden bis zur Unkenntlichkeit und die flauschigen Wollmäuse verfingen sich immer wieder in meinen Barthaaren.

Dann ein kleines Nickerchen im seinem Bett, wobei ich es immer rechtzeitig wieder verließ und wehleidig in meinem lag, wenn er nach Hause kam. Meistens wunderte er sich über seine zerknautschte Bettdecke und meinte:

»Wieso ist das Bett schon wieder unordentlich. Hab ich es heute Morgen schon wieder vergessen zu machen?«

Ja ich hatte ein sorgloses Leben, brauchte nicht zu überlegen, wo ich morgen mein Futter her bekomme. Brauchte keinen Abfalleimer zu durchsuchen, keinem Hund die Mahlzeit stehlen und auch mit keinem Igel das Fressen zu teilen. Ich war eigentlich soweit zufrieden, hatte mich auch daran gewöhnt, nur noch in einer Wohnung zu leben.

Doch manchmal sehne ich mich schon nach draußen, den Blick zum Himmel, in die unendliche Weite des welträumlichen Panoramas, den Feldweg unter den Füßen zu spüren, die Verheißung des neuen Tages in der Luft zu empfinden und das Vogelgezwitscher zu hören. Im Gras auf dem Rücken zu liegen, fünf Minuten an nichts zu denken und mich plötzlich zu freuen, ein Teil dieser Welt zu sein.

Ich liege im Bett, bin tief eingeschlafen und träumte von der Natur, vom den Geruch der Blumen, die mich umgaben; die grünen Kronen der Bäume, die im lauen Wind rauschten, den besonderen Mond und das Blinken auf der Wasseroberfläche an einem See.

Doch alles hat sich verändert. Nach vielen Tagen des Hungerns, Dursten und Wehklagens, wurde ich erhört. Ich wurde befreit, befreit aus meinem Gefängnis; wurde liebevoll aufgenommen, lebe in einer schönen Wohnung und kriege nur allerfeinstes Fressen.

Tief versunken war ich, dass ich gar nicht bemerkte, dass Herrchen nach Hause kam. Erschrocken zuckte ich zusammen, als Herrchen im Schlafzimmer stand und meinen Namen rief:

»Tommy, wie hast du das geschafft, aufs Bett zu springen? Dann scheint es dir ja endlich besser zu gehen? Das freut mich aber!«

Er nahm mich auf den Arm und drückte mich ganz fest an sich. Ich wusste nicht was mit geschah. War es jetzt das Ende einer neuen Freundschaft? Wird er mich jetzt auswildern, der Obhut der Natur übergeben?

18. Mein Albtraum wurde beendet, ich hatte jemanden gefunden, der mich liebte

Eigentlich möchte ich gar nicht weg. Ich hab hier ein schönes Zuhause, werde von meinem Herrchen gestreichelt, wenn ich das will, er spielt mit mir, wann ich es will, und stört mich nicht, wenn ich faulenze; er ist nicht böse, wenn ich mal Dummheiten gemacht habe, ich kriege zu fressen, wenn ich hungrig bin und habe meine eigenen Schlafplätze.

Ich kann auf dem Balkon liegen, an den Blumen schnuppern, die zahlreich als attraktiver Blickfang eine zusätzliche Gartenatmosphäre schafften und mit ihren Terrakottatöpfen einen mediterranen Charme bewirkten. Ich habe sogar eine eigene kleine Wiese, eine Schale mit Katzengras, auf der ich liege und es gleichzeitig fresse.

Andererseits ist die freie Natur etwas Besonderes. Sie stellt riesigen Lebensraum zur Verfügung, erwartet aber auch ein hohes Maß an Anpassungsfähigkeit. Manche Tiere leben in einem kleinen Revier, andere wiederum belagern ganze Weiden, Berge und Wälder. Lange habe ich im Einklang mit der Natur gelebt, mich von Würmern, Nagetieren, Insekten und Gras ernährt.

Selbst während der kalten Jahreszeit musste ich unterwegs sein, um nach Nahrung zu suchen. Es waren schon spannende und auch lehrreiche Entdeckungsreisen, die ich durchfuhr.

Herrchen hielt mich immer noch auf den Arm, streichelte leicht mein Fell und ich wusste, dass ich jemanden gefunden habe der mich liebte, der mein Freund war, der mich in vieler Hinsicht verstand.

Die nächsten Tage änderten nichts. Ich lief frei in der Wohnung herum, konnte überall mein Nickerchen machen und wenn Herrchen nach Hause kam, spielten wir öfters mal Katzenfußball. Eine Art Elfmeterschießen, ein tolles, katzenfreundliches Spiel, wobei ich in einem imaginären Tor stehe und Herrchen mir ein paar Leckerlies zuschießt, die ich fangen muss.

Zwischenzeitlich ist eine lange Zeit vergangen und ich brauchte mir keine Sorgen mehr zu machen, dass ich meinem Schicksal überlassen werde. Herrchen würde mich nie wieder hergeben, hatte er mal gesagt. Zudem kam mir dann auch die Erkenntnis, dass es eigentlich unehrlich war, ihn so lange mit dem dahinsiechen, kränkelnden, herumplagenden Kater zu irritieren. Doch es war so schön, in seinen Armen zu liegen und mit dem Fingern gefüttert zu werden.

Die Zeit verlief seit dem etwas normaler, mein Leben hat sich ein wenig verändert. Der Jagdinstinkt nach Ratten, Mäusen und anderen Nagetieren ließ nach und beschränkte sich nur von auf Bienen, Hummel und Schmetterlingen, die sich auf der Suche nach Nektar auf dem Balkon verirrt haben.

»Neeeiiin! Das ist nein,« sagt Herrchen immer, wenn ich eine im Visier hatte und kurz davor war, sie zu fangen.

»Grrrrr,« miaute ich leise vor mir hin.

Dann gibt es noch die Fliegen, die es einfach lieben, nicht nur den Menschen mit ihrem herumschwirren auf die Nerven zu gehen, sondern auch mich bei meinem wohlverdienten Schlaf zu stören.

Am Tage lässt mich Herrchen meistens alleine, weil er arbeiten muss, dann bin ich gezwungen auszuharren. Wenn er dann Heim kommt, dann ist nach ein paar freundlichen Gesten der Begrüßung, der Gang zu Terrassentür angesagt. Herrchen öffnet sie und ich gehe hinaus. Nur nicht heute, denn heute regnete es.

»Scheiß Wetter,« miaute ich und war bedient. Dabei blickte ich vorwurfsvoll zu Herrchen hinauf, worauf er meinte:

»Ich kann nichts für den Regen, die Natur lechzt danach. Regen ist wichtig, er reinigt unter anderem die Luft und löst Mineralien aus Gestein und Boden, die wiederum als Nährstoff für die Pflanzen dienen.«

Misstrauisch schaute ich zum Himmel, sah die grauen Wolken die sich in Scharren zusammen gerottet hatten und nun den Regen zu Boden fielen ließen.

Tausende Wetterstationen an Land, dazu mehrere tausend an Bord von Schiffen und Flugzeugen, eine ganze Armada an Satelliten die im Orbit kreisen und ein riesiger Großrechner, der die Daten verarbeitet. Ganz schön viel Aufwand von den Menschen, nur um zu wissen, ob man am nächsten Tag lieber einen Regenschirm mitnehmen sollte oder nicht.

Menschen sind eigentlich wasserscheue Wesen, verstecken sich schon bei dem ersten Tropfen unter Schattenspendenden Regenschirmen oder verhüllen sich mit allerlei Wasserabweisenden Klamotten.

Auch wir Katzen mögen nicht unbedingt Wasser, höchstens mal zum Trinken, doch macht es uns wenig aus, bei Nieselregen zu jagen. Nur wenn es heftiger wird, dann suchen auch wir uns eine Schutzmöglichkeit.

Langsam stakste ich hinaus auf den Balkon, kroch unter den Gartentisch, der mit einer fast bodenlangen PVC-Weichschaumtischdecke bedeckt war und lugte durch das strukturierte Durchbruchmuster. Ich beobachte Herrchen, wie er im Wohnzimmer auf der Couch lag und die Zeitung las, wie er eine Seite nach der anderen Seite umblättert.

Wie gut ich es doch habe. Mein Albtraum wurde beendet, ich habe das Glück gefunden und eine endlose Zeit mit meinem Herrchen hat begonnen. Die unangenehme Zeit, die schlechten Erinnerungen, jeder noch so kleine Moment, alles ist jetzt vergessen. Mein Leben hatte früher, bei näherer Betrachtung, kaum was mit einer romantischen Vorstellung von Wildnis und Freiheit zu tun.

Nun ich habe ein anderes Leben entdeckt, ein Leben dass ich niemals bereuen werde, denn zwischen meinem Herrchen und mir bestand eine besondere Verbindung.

Gähnend schlenderte ich zurück ins Wohnzimmer, lege mich in mein Bettchen und dachte darüber nach, wie ich Herrchen eine Freude machen könnte. Vielleicht mit einer Maus, einer dicken fetten Maus, die ich blutverschmiert auf seinen cremefarbigen Hochflorteppich lege und mit den Innereien ein wenig herum schmiere. Doch welche Maus würde sich auf einen Balkon im zweiten Stock verirren? Hm! Wohl keine.

Eigentlich hab ich auch gar keine Luft auf Jagd, habe es mir abgewöhnt, finde mein Leben so wie jetzt besser. Manchmal, wenn ich so faul herumliege wie jetzt, dann habe ich das Gefühl, Herrchen hat mich mit Baldrian gedopt. Ansonsten ist Herrchen aber der beste Ernährer, den man sich nur wünschen kann. Man muss ihm nur deutlich genug zeigen, dass man Hunger hat, dann gibt es auch genug zu fressen.

»Hey Tommy, hör mal zu,« sprach Herrchen. Er ließ mir öfters mal was aus der Zeitung vor, irgend so ein Kauderwelsch, was ich so und so nicht verstehe.

»Hier ist die Geschichte von einem Schäferhund, dessen Herrchen gestorben war. Es war ein Geschenk seines Sohnes. Eine Woche nach dem Tod verschwand der Hund plötzlich, war unauffindbar. Zuerst dachte die Witwe, er wäre überfahren worden. Doch als sie an einem Sonntag mit ihrem Sohn zum Friedhof gingen, sahen sie den Hund auf der Grabfläche des Verstorbenen liegen. Der Hund erkannte sofort den Sohn und kam auf ihn zu gelaufen. Er bellte und jaulte, als ob er weinen würde. Sonderbarerweise hatte die Familie nie zuvor mit dem Hund den Friedhof besucht, sodass er eigentlich den Weg gar nicht kennen könnte.

Der Friedhofgärtner und seine Mitarbeiter

haben den treuen Hund in ihr Herz geschlossen, sich um ihn gekümmert und täglich gefüttert. Er sei eines Tages aufgetaucht, habe zwischen den Grabstellen die seines Herrchens gesucht und auch gefunden. Manchmal geht er ein bisschen spazieren, aber um Punkt sechs Uhr abends legt er sich auf das Grab und bleibt die ganze Nacht dort.

Die Familie wollte den Hund mit nach Hause nehmen, doch der büxte wieder aus und lief zum Friedhof. Er wird wohl solange auf dem Friedhof bleiben, bis er wohl selber nicht mehr ist.

Eine rührselige Geschichte, meinst du nicht auch, Tommy?«

Ich ging auf Herrchen zu, sprang auf seinen Schoß und strich mit meiner Pfote über seine Wange.

»Miau, du musst nicht traurig sein, ich bin doch da,« miaute ich.

»Ich hab dich doch auch lieb,« antwortete er und drückte mich ganz fest an seine Brust. Unsere "Männerfreundschaft" ist was ganz besonderes, etwas ganz wertvolles und von der ersten Sekunde an wo ich ihn sah, war er mir willkommen.

Manchmal hat Herrchen so einen kleinen Programmfehler im Kopf und wird äußerst sentimental, wenn er derartige Geschichten liest. Er denkt in solchen Situationen immer an seine verstorbene Frau, die ihn aufgrund einer schweren Krankheit verlassen hatte. Er muss sie sehr geliebt haben, weil er immer wieder erzählt, dass er sie vermisst. Aber jetzt bin ich da und meine Aufgaben ist es, ihn auf andere Gedanken zu bringen, ihm zu zeigen, dass er nicht alleine ist.

Das bemerkte er besonders dann, wenn ich die Terrassentüren bei Regen mit hübschen Pfotenmuster versehe ober nachts das Wasser aus der Vase trinke und die Blumen repräsentativ im Wohnzimmer arrangiere. Ganz besonders freut er sich, wenn ich ihn beobachte wie er schläft, wie er mit der Nase wackelt, wenn meine Vibrissen ihn berühren. Oder wenn ich nachts aufs Bett springe, dabei über ihn hinweg trete, um an meinen nächtlichen Rückzugsort zu gelangen, dem Kopfkissen neben ihm. Meistens wird er wach und meckert:

»Ey Tommy, man kann auch von der anderen Seite auf Bett springen.«

»Kann schon,« schnurrte ich in meine Vibrissen. »Aber will ich es?«

Ist er dann wieder eingeschlafen, fange ich an mich ausgiebig zu putzen. Dabei kann es passieren, dass beim Strecken, meine

Pfote gegen seinen Kopf schlägt oder mal ausversehen eine Kralle sich in sein dünnbesiedeltes Haupt verewigt.

Sehr schön sind auch Computer. Neulich klingelte das Telefon, welches sich im Flur befand. Herrchen hatte seinen Laptop vom Schoss genommen und auf die Couch gelegt. Dann ging er hinaus, um das Telefon zu holen. Währendes packte mich die Neugier, das Gerät zu inspizieren, womit sich Herrchen regelmäßig beschäftigt. Dabei legte ich mich quer über die Tastatur, wie ein Fakir auf dem Nagelbett und freute mich darüber, wie sich die Tasten perfekt an meinen Körper anschmiegten. Auch die trampolinartige Funktion war bewundernswert, wie die Tasten beim berühren immer wieder in ihre ursprüngliche Position zurück sprangen. Ein lustiger Anblick.

Doch plötzlich staunte ich, was alles auf dem Bildschirm zu sehen war. Er hatte sich völlig in ein zartes Blau verfärbt und wies eine Vielzahl von programmtechnischen hochinteressanten, für mich allerdings total belanglosen unverständlichen, Informationen auf, die mit amüsanten Hexadezimalzahlen, witzigen Fehlercodes und anderen kryptischen Symbolen gekennzeichnet waren.

Allerdings war Herrchen darüber nicht

sehr erfreut, zumal er danach eine umfangreiche Neuinstallation durchführen musste. Seit dem schließt er den Deckel des Laptops, bevor er den Raum verlässt.

Es sind die kleinen Missverständnisse, die wir anfangs hatten und meine unheilbare negative Charaktereigenschaft, mein Nicht-Nein-Sagen-Zu-Können Syndrom, das mich unaufhörlich dazu verleitet, ihm behilflich zu sein.

Heute bin ich schon Jahre bei ihm und unser gemeinsames Leben ist wie die Inspiration einer Männer-WG. Seit dem ist Herrchen zufrieden, Untertan der besten, schönsten und klügsten Katze der Welt zu sein.